LISA McMANN

TEME

everest

Dirección editorial: Raquel López Varela
Coordinación editorial: Ana María García Alonso
Maquetación: Susana Diez González
Título original: *Fade*
Traducción: Alberto Jiménez Rioja
                 Nuria Jiménez Rioja

Spanish language copyright © 2011 by EDITORIAL EVEREST, S. A.
Carretera León-La Coruña, km 5 - LEÓN
ISBN: 978-84-441-4626-3
Depósito legal: LE. 1068-2011
Printed in Spain - Impreso en España

EDITORIAL EVERGRÁFICAS, S. L.
Carretera León-La Coruña, km 5
LEÓN (España)
Atención al cliente: 902 123 400
www.everest.es

Para Matt, Kilian y Kennedy

UN AÑO MÁS

1 de enero de 2006, 01:31

Janie atraviesa a todo correr los patios nevados de las dos calles residenciales que la separan de su casa y cruza en silencio la puerta principal.

Entonces...

todo se ennegrece.

Se agarra la cabeza maldiciendo a su madre entre dientes mientras el caleidoscopio giratorio de colores toma forma a su alrededor y la hace perder el equilibrio. Tras chocar contra la pared, intenta resistir el tirón, pero al notar que los dedos empiezan a entumecérsele, se deja caer suave y ciegamente al suelo; lo único que le faltaba era descalabrarse, otra vez.

Está demasiado cansada para luchar en ese preciso momento, demasiado agotada para salir por su cuenta.

Apoya la mejilla en las frías baldosas. Recobrará las fuerzas y lo intentará más tarde, si el sueño no acaba pronto.

Respira.

Vigila.

01:32

Es el sueño recurrente de su madre. Ese donde una mamá mucho más joven y feliz atraviesa volando un túnel psicodélico cuajado de luces de colores que giran y parpadean, de la mano de un *hippy* que se parece a Jesucristo. Ambos llevan gafas de sol cuyos cristales reflejan las mareantes rayas luminosas, lo que dificulta aún más para Janie controlar el vértigo.

Ese sueño le revuelve el estómago. Siempre.

«Además, ¿qué hace la idiota de su madre durmiendo en el salón?».

No obstante, siente curiosidad; intenta enfocar la vista. Observa al hombre mientras ella misma flota junto a la pareja ajena a su presencia. Su madre habría podido verla si la hubiese mirado, pero nunca lo hacía.

El hombre, por supuesto, no puede: no es su sueño. Janie siempre desea quitarle las gafas para verle bien la cara y saber si tiene los ojos castaños, como ella. Sin embargo, con todos esos colores centelleantes, nunca logra fijar la atención en el mismo lugar durante mucho tiempo.

El sueño cambia de golpe.

Amargura.

El *hippy* desaparece y su madre se queda en una cola de gente que parece extenderse kilómetros y kilómetros. Los hombros de la mujer se encorvan, extenuados, como las páginas de un libro muy leído.

Su expresión es adusta, resuelta, irritada.

Sostiene...

mece...

un bebé gritón de rostro colorado.

«Otra vez no». Janie no quiere ver más. Odia esa parte. La odia. Se concentra con todas sus fuerzas. Gruñe interiormente y logra salir por fin del sueño de su madre.

Está exhausta.

01:51

Recupera la vista poco a poco. Empapada en sudor frío, se estremece y flexiona los doloridos dedos, agradeciendo que los sueños nunca vuelvan a atraparla una vez que ha conseguido escapar de ellos. Hasta el momento, al menos.

Al tiempo que su madre ronca en el sofá, se pone lentamente en pie y se encamina temblorosa al baño, con el estómago revuelto; tiene náuseas y arcadas. Hace un intento poco entusiasta por lavarse los dientes. En cuanto llega a su habitación, se encierra a cal y canto y se deja caer sobre la cama como una masa de pan informe.

Después de la terrible experiencia del mes pasado con la operación antidroga, es muy consciente de que debe recobrar las fuerzas si no quiere que los sueños controlen de nuevo su vida.

Esa noche sus propias imágenes oníricas consisten en mares embravecidos, violentas tempestades y chalecos salvavidas que se hunden como piedras.

11:44

La despierta la luz del sol, que entra a raudales por la ventana. Ahora sueña con comida: está hambrienta. Además, la huele.

—¿Cabel? —farfulla sin abrir los ojos.

—Hola. Me he invitado a entrar —dice el chico, tras lo cual le aparta los enmarañados cabellos rubios del rostro y se sienta en la cama de al lado—. ¿Has dormido mal, Hannagan? ¿Te espabilas ya o qué?

—Mmrrrfff —Janie se da la vuelta y ve el plato de huevos del que se eleva vapor. Sonríe de oreja a oreja y extiende el brazo para hacerse con él—. Eres... el mejor novio secreto del universo.

MISIONES Y SECRETOS

2 de enero de 2006, 11:54

Es el último día de las vacaciones de invierno.

Janie y Cabel están sentados en la austera habitación de este (la llamada «sala de ordenadores») para mirar sus calificaciones en la web del instituto.

Está bien que Cabel tenga dos portátiles: en caso contrario habría pelea a mediodía, cuando aquellas se publicaran. A pesar de todo, es muy posible que acaben regañando, porque Janie está de los nervios.

Había entregado en blanco el examen de Matemáticas posterior a la operación antidroga de hacía unas semanas. Tenía una buena excusa: aún había sangre en su sudadera, y por ello la profesora le dio otra oportunidad. Lo malo fue que el nuevo examen tuvo lugar al día siguiente de la maratón nocturna de baile del instituto para recaudar fondos, que Janie se pasó saltando de sueño en sueño. Además, como era de esas fiestas de las que nadie puede salir sin autorización paterna, no tuvo escape.

Janie y Cabe habrían pasado de haber podido, pero debían cumplir una misión.

Secreta.

Órdenes de la comisaria Fran Komisky:

—Buscamos alumnos (alumnas sobre todo) que sueñen con profesores —les había dicho—, o viceversa.

A Janie le pareció muy intrigante.

—¿Algo en particular? —preguntó.

—Todavía no —respondió Komisky—. Os daré más datos después de Año Nuevo, una vez que aclaremos ciertas cosas. De momento, limitaos a tomar nota de cualquier relación entre profesores y alumnos.

Para Janie, el problema no fue pasar en vela toda la noche, sino los saltos oníricos, que la hicieron polvo. Después de estar seis horas escondida debajo de las gradas pasando del sueño de una persona al de otra, acabó totalmente deshecha.

Por supuesto, Cabel le hizo compañía y le llevó cartones de leche y barritas energéticas (que ella tomó con reticencia en lugar de sus queridas Snickers). Los sueños fueron muy jugosos, por decirlo finamente; pero, por desgracia, solo vio una relación entre dos alumnos. Nada de alumnos y profesores.

Por eso, cuando a la desilusión se sumó que Luke Drake, receptor estrella del equipo de fútbol americano del instituto Fieldridge, se durmió en la colchoneta de gimnasia totalmente borracho, Janie gritó:

—¡Ya está bien! —y añadió entre jadeos, medio dormida—: Cabel, despierta a ese capullo y haz lo que sea para que no se vuelva a dormir. ¡No lo aguanto!

Luke solía soñar con Luke, con Luke desnudo, para más señas, y en los últimos tiempos hacía alarde de una confianza en sí mismo digna de mejor causa. Tras las clases de Educación física, Cabel lo había visto en las duchas.

—Ese compensa en sueños lo que le falta en la vida real —le había dicho a Janie cuando ella se lo describió.

Ignoraban si Cabel había tenido más éxito con su misión. Al ser un hacedor de relaciones, los resultados de su trabajo tardaban más tiempo en apreciarse que los de Janie. Él hacía conexiones, generaba confianza y ostentaba la asombrosa habilidad de conseguir que la gente a quien le daba la vara admitiera las cosas más extravagantes. Ella se encargaba de los detalles; al menos así lo hizo, y de maravilla, la primera vez.

Janie es consciente de que tampoco ese segundo examen de Mates le salió bien. Y hoy, el último día antes del comienzo de su último semestre en el instituto Fieldridge, le da por preocuparse por sus notas.

No debería.
Tiene una beca estupenda.

Pero es así de rara.

A las doce en punto del mediodía, según el escáner policial de Cabel, entran al sistema desde sus respectivos portátiles para ver sus calificaciones.

Janie suspira. Sobresaliente en todo menos en Matemáticas (notable). Lo que mejor se le da son las Mates, por eso le sienta aún peor.

Como Cabel es educado, no reacciona ante su ristra de sobresalientes. El chico se siente culpable por la caída de Janie en la comisaría, una caída que la mandó al hospital en la semana del examen.

Ambos cierran los portátiles.

No es que sean competidores.

No lo son.

Bueno, vale, lo son.

Cabel la mira de reojo.

Janie mira hacia otro lado.

Él cambia de tema:

—Ya es hora de ir a ver a la comisaria.

Janie consulta su reloj y asiente:

—Nos vemos allí.

Sale a hurtadillas de la casa de Cabel y atraviesa a la carrera los patios de las dos calles residenciales que la separan de su casa. Como al entrar encuentra el salón vacío, echa un vistazo al dormitorio de su madre. Está allí, inconsciente pero viva, rodeada de botellas, como de costumbre. Por suerte, no sueña. Janie cierra la puerta sin hacer ruido, busca las llaves de Ethel, su Nova del 77, y sale otra vez.

El anterior propietario de Ethel había sido Stu Gardner, el chico que lleva dos años saliendo con Carrie Brandt, la mejor amiga de Janie. Stu, de profesión mecánico, había mimado a Ethel desde que cumplió trece años, y Janie mantenía la tradición.

Cuando el coche cobra vida, da palmaditas de aprecio al salpicadero. Ethel sale zumbando.

Cabel y Janie llegan por separado a la comisaría, aparcan en sitios distintos, entran al edificio por puertas diferentes y no vuelven a encontrarse hasta que Janie entra en el despacho de la comisaria; si los vieran juntos antes de que se cerrara el caso del padre de Shay Wilder, tendrían dificultades para llevar a cabo su nueva misión.

Desde que trabajan medio de soplones, medio de estupas para la Policía, Janie está descubriendo que en su instituto pasan cosas muy raras. Más de las que habría podido imaginar.

Cuando entra al despacho, Cabel ya está sentado enfrente de la mesa de la comisaria, donde hay tres vasos de café. Cabel ha preparado el suyo como a ella le gusta: con leche y bien dulce.

Necesita calorías.

A causa de sus sueños.

Por fin está logrando añadir algo de grasa y músculo a sus huesos tras la última aventura.

Se sienta antes de que se lo digan.

—Me alegro de verte, Hannagan. Tienes mejor aspecto que la última vez que te vi —observa con voz áspera la comisaria.

—Lo mismo digo, señora —contesta Janie a Fran Komisky, y agrega disimulando una sonrisa—: Usted también está mejor, si me permite decírselo.

Komisky levanta una ceja.

—No sé por qué, pero me da en la nariz que hoy vais a cabrearme —comenta. Luego se atusa el cabello corto y cobrizo y se arregla la falda—. ¿Algo nuevo, Strumheller?

—En realidad no, señor —responde Cabel—, nada salvo la cháchara habitual. Seguimos en ello, para averiguar qué hacen los profesores y los alumnos (sobre todo las alumnas) fuera de clase.

La comisaria se dirige a Janie:

—¿Algo nuevo en tus sueños, Hannagan?

—Nada de utilidad —contesta Janie a su pesar.

—Lo suponía. Esto no va a ser fácil.

—Comisaria, quería preguntarle… —empieza Janie.

—Quieres saber qué está pasando —dice Komisky levantándose para cerrar la puerta del despacho. Cuando se sienta de nuevo, su expresión es muy seria.

—El pasado marzo, nuestro programa escolar Dinero Rápido Contradelitos recibió una llamada de alguien de vuestro instituto. Conocéis ese programa, ¿no? Todos los centros escolares de la región participan. A cada uno de ellos se le ha proporcionado un teléfono distinto de Contradelitos, para que estos sepan de cuál procede la llamada.

Cabel añade:

—Los alumnos pueden ganar una recompensa (de cincuenta dólares, creo) si informan de un delito relacionado con su centro escolar. Así nos dieron el soplo de las fiestas con drogas del barrio de Hill, Janers.

Esta asiente. Ella también lo ha oído y, como todo el mundo del instituto Fieldridge, tiene el imán con el número de teléfono en la puerta del frigorífico.

—Cincuenta pavos son cincuenta pavos. Es un programa muy astuto —apostilla.

Komisky prosigue:

—El caso es que la chica que llamó da poquísima información. Se la oye muy mal, como si tuviese el auricular alejado de la boca, y la llamada dura apenas cinco segundos. Aquí está la grabación. Oídla y decidme si entendéis algo.

A renglón seguido pulsa un botón del aparato situado junto a ella. Cabel y Janie se esfuerzan por entender las confusas palabras. La voz suena muy lejana y se oye música de fondo.

Janie frunce el ceño y se inclina hacia delante. Cabel sacude la cabeza, perplejo:

—¿Podría ponerlo otra vez, señora?

—Por supuesto. Concentraos también en el ruido de fondo: se oyen voces en segundo plano.

La comisaria lo reproduce varias veces. Ralentiza la cinta y la acelera, y después disminuye el ruido de fondo. Por último, suprime la voz de la comunicante para que escuchen los demás sonidos.

—¿Entendéis algo?

—A la que llama, ni palabra —dice Cabel—, pero nadie grita ni parece afectado. Al fondo se oyen risas. La música es de Mos Def, ¿no, Janie?

—Yo he oído una voz de tío que decía por detrás: «Profesor... no sé qué».

La comisaria asiente.

—También yo, Janie. Esa es la única palabra que distingo de toda la grabación. En realidad, la hemos investigado poco, porque no hubo ninguna denuncia posterior sobre ningún delito. Pero en noviembre se recibió otra llamada que me la recordó. Escuchadla.

Es de nuevo una voz de chica; arrastra las palabras y suelta risitas a tontas y a locas: «¡Quiero mi dinero rápido! Instituto Fieldridge... Los profes joden... los alumnos joden. ¡Ohdiosmío... eso no... ups!», unas risitas más y un corte brusco de la llamada. Komisky pasa la grabación varias veces más.

—¡Vaya! —exclama Janie.

La comisaria los observa alternativamente.

—¿No os sugiere nada? —pregunta.

Cabel entrecierra los ojos.

—¿«Los profes joden, los alumnos joden»? ¿Se lleva a matar con toda la gente del Fieldridge o es, bueno, literal?

—La música se parece a la de la primera llamada —observa Janie.

—Así es, Janie. Eso fue lo que me la recordó. Y así es, Cabel, nosotros nos lo tomamos de forma literal, al menos hasta que se demuestre lo contrario. Esta llamada contiene suficiente información como para hacer algo al respecto. Mi intuición me dice que en vuestro instituto hay un depredador sexual rondando por los pasillos.

—¿No se puede averiguar quiénes hicieron las llamadas y preguntarles qué pasa? —inquiere Janie.

—Eso sería infringir la ley, Janie. Las llamadas que recibe Contradelitos son anónimas, para proteger a los denunciantes. Estos reciben un nombre codificado con el cual pueden preguntar por el caso o reclamar su recompensa, que se les entrega si la información que han proporcionado resulta útil.

—Ah, claro —admite Janie un poco avergonzada.

—Entonces, ¿qué han hecho hasta ahora, señora? —pregunta Cabel, y añade con mayor cautela—: ¿Qué se espera de nosotros?

Por primera vez, parece tenso. Janie lo mira de soslayo con cierta sorpresa. No esperaba que un nuevo caso lo pusiera tan nervioso.

—Hemos investigado a los profesores, y todos parecen limpios. Estamos atascados; por eso quiero que estéis atentos las veinticuatro horas. Me interesa cualquier información que podáis conseguir sobre ellos. ¿Estáis preparados para este desafío? Puede ser peligroso. Creemos que el depredador es un hombre. Janie, si sospecháramos de alguien, ¿aceptarías ser el cebo para atraparlo? Piensa en ello. Estarías en tu pleno derecho de rechazar el trabajo. No quiero que te sientas obligada a nada.

Cabel se endereza en su asiento, más inquieto aún:

—¿Cebo? ¿Pretende usted que Janie sea la presa de un pirado?

—Solo si ella acepta.

—Ni hablar —espeta Cabel—. Ni hablar, Janie, es muy peligroso.

Esta parpadea y lo mira fijamente.

—¿Mamá? ¿Eres tú? —pregunta, intentando tomárselo a broma para evitar la confrontación—. ¿Por qué te parece tan peligroso?

La comisaria interviene:

—Te vigilaríamos a todas horas, Janie. Además, aún no sabemos lo que pasa, quizá no sea nada. Espero que consigas averiguarlo simplemente con tus sueños.

Cabel las mira con expresión huraña.

—Esto no me gusta nada —sentencia.

Janie sube una ceja.

—Vaya, el único que puede ponerse en peligro eres tú. Caray, Cabel, la decisión es mía.

Cabel mira a Komisky en busca de ayuda.

Esta lo ignora y mira a Janie, que declara:

—No necesito pensarlo, señora, cuente conmigo.

—Bien.

Cabel resopla y frunce el ceño.

Komisky pasa los treinta minutos siguientes adiestrándolos en el arte de obtener información. Es un curso de repaso para Cabel, que ya lleva un año trabajando de soplón (aunque Janie se cuida mucho de llamarle así) y fue el responsable del arresto del padre de Shay Wilder, poseedor de un cargamento de coca que escondía en su yate; aunque quien descubrió la localización de la droga cuando el señor Wilder dormía en la cárcel fue Janie.

Ambos forman un gran equipo.

Y Komisky lo sabe.

Por eso sigue dándoles la lata… de vez en cuando.

La comisaria les repite su misión y les da ánimos para seguir en la brecha.

—Si nos enfrentamos a un depredador sexual, debemos echarle el guante antes de que ataque a otra alumna del Fieldridge.

—Sí, señora —contesta Janie.

Cabel se cruza de brazos y menea la cabeza, resignado. Por fin, se rinde:

—Sí, señora.

La comisaria asiente y se pone en pie. De forma instintiva, Cabel y Janie hacen lo mismo. La reunión ha terminado pero, antes de que salgan del despacho, Komisky añade:

—¿Janie? Quiero hablar contigo a solas. Cabel, puedes irte.

El chico no lo duda; sale tras echarle una última ojeada a Janie, que no puede evitar sentirse confundida por el comportamiento de su novio.

Komisky se acerca a un archivador y saca varias carpetas gruesas.

Janie permanece en silencio. Esperando.
Intrigada.

La comisaria sigue intimidándola un poco.
Sobre todo por la inexperiencia de Janie en temas policiales.

Por fin, la mujer regresa al escritorio con una pila de archivos y papeles sueltos. Los mete en una caja, se sienta y mira a Janie.

—Nuevo asunto, y este es clasificado —dice—. ¿Comprendes lo que significa?

Janie asiente con expresión sombría.

—Sí, señora.

Komisky la observa un instante, tras lo cual empuja hacia ella la caja de archivos y de papeles.

—Informes. Veintidós años de una vida resumidos en informes y anotaciones. Autora: Martha Stubin.

Los ojos de Janie se desorbitan y, pese a su esfuerzo por evitarlo, se llenan de lágrimas.

—La conoces, ¿verdad? —dice la comisaria en tono casi acusador—. ¿Por qué no me lo habías dicho? Debías de saber que te he investigado a ti también.

Janie ignora qué respuesta debe darle. Ella solo conoce sus propias razones. Duda, pero acaba por decir:

—La señora Stubin es… era… la única persona que entendía esta… esta estúpida maldición de los sueños, y yo ni siquiera me enteré hasta que murió —explica, y baja la mirada hacia su regazo—. Fui tan negada que ni siquiera encontré la oportunidad de hablar con ella, y ahora todo lo que me queda es alguna actuación especial cuando se decide a aparecer en el sueño de alguien, para enseñarme cómo hacer las cosas —Janie traga el nudo que le cierra la garganta—. Hace bastante que no la veo.

La comisaria Komisky rara vez se queda sin palabras, pero en esta ocasión es exactamente lo que le ocurre.

Por fin dice:

—Martha nunca te mencionó, aunque estaba obsesionada por encontrar sustituto. Hace años había más como ella, pero murieron también. Debió de descubrirte poco antes de fallecer.

—Sí, caí en uno de sus sueños en la residencia de ancianos, ella me habló, pero yo no comprendí que con ella era distinto… No entendí que me estaba probando… y enseñando. No lo entendí hasta después de su muerte.

—Creo que la única razón por la que vivió tanto fue su deseo de encontrar a la siguiente cazadora, es decir, a ti.

La calidez reina un momento en la habitación.

Después, los asuntos prácticos toman el mando.

La comisaria carraspea con fuerza y dice:

—Bien. Yo creo que aquí encontrarás cosas interesantes; algunas de ellas duras, quizá. Tómate un mes o así para verlo todo con calma. Si encuentras algo que no entiendes o que te preocupa, ven a contármelo. ¿Está claro?

Janie la mira. No tiene ni idea de lo que habrá en los archivos, pero sabe lo que Komisky espera oír de ella.

—¡Señora, sí, señora! —exclama con una confianza que no siente.

La comisaria ordena los papeles de su escritorio, dando a entender que la reunión ha terminado. Janie se levanta y recoge la caja de los archivos.

—Gracias, comisaria —dice al dar media vuelta para marcharse.

No advierte que Fran Komisky se golpea pensativamente la barbilla con un bolígrafo y no deja de mirarla hasta que sale del despacho.

Janie vuelve a casa en coche. Aunque le encanta ver que unos rayitos de sol se abren paso entre las oscuras nubes de esa fría tarde de enero, no deja de sentir la presencia ominosa del montón de archivos de la caja, ni deja de pensar en la extraña reacción de Cabel. Solo se detiene en casa para echar un vistazo a su madre y dejar sobre la cama la caja de archivos.

Ya los verá más tarde.

Ahora se muere por pasar su último día de vacaciones en compañía de Cabel.

El último antes de volver al mundo real del instituto, donde tendrán que fingir que no están enamorados.

16:11

Corre hacia la casa de su novio siguiendo un camino diferente al habitual. Nadie relacionado con el instituto debe verla. Aunque casi nadie de los que cuentan en el Fieldridge vive por aquí, en la zona pobre de la ciudad, Janie prefiere ir andando para no dejar aparcado su coche delante de la casa de Cabel. A Shay Wilder podría ocurrírsele pasar por allí.

Y Shay sigue estando loca por Cabel.

Y Shay no tiene ni idea de que la detención de su padre se debe a Cabel.

Es divertido.

Bueno, en realidad, no.

Entra por la puerta trasera. Tiene llave, por si Cabe se va a la cama antes de que llegue; aunque últimamente, desde que ella dejó su trabajo en la residencia Heather, pasan juntos más tiempo que nunca.

Su relación es bastante rara.

Pero, cuando todo va bien, es mágica.

Cierra la puerta y se quita los zapatos, preguntándose dónde estará Cabel. Camina de puntillas, por si acaso se está echando un sueñecito, pero no lo encuentra en la diminuta planta baja. Al abrir la puerta del sótano, ve que la luz está encendida. Baja las escaleras sin hacer ruido y se detiene en el último escalón para contemplar a su novio, para admirarlo.

Tras quitarse la sudadera y arrojarla sobre el escalón, se cuelga de la barra fija para estirar los brazos, la espalda, las piernas, esperando parecer fuerte, parecer *sexy*. Deja caer el cabello sobre su rostro mientras se concentra en los estiramientos.

Cuando Cabel la ve, apoya la barra de pesas en el soporte y se levanta del banco. Sus músculos se tensan bajo la intrincada red de cicatrices que cubre su estómago y su pecho. Es larguirucho y musculoso; no un musculitos, solo lo justo. A Janie le encanta que ya no se sienta incómodo sin camiseta en su presencia.

Siente un deseo irrefrenable de atacarlo allí mismo, sobre el banco de pesas, pero llevan juntos tan poco tiempo que ninguno de los dos quiere liar la relación embarcándose en el terreno sexual. Además, Cabel, demasiado consciente de las cicatrices de sus quemaduras, no está preparado aún para enseñar las que tiene más abajo del cinturón. Por eso Janie se conforma con admirarlo desde dos metros de distancia, y espera que haya superado los recelos sobre su colaboración en el nuevo caso.

—Te brillan los ojos —dice él—, eso es que has descansado, por fin. Y tu cicatriz está de lo más *sexy*.

Cabel se enjuga el sudor de la cara con una toalla que después se pasa por los cabellos color miel. Algunas mechas húmedas se pegan a su nuca. Se acerca a Janie y le aparta el pelo del rostro para ver bien la cicatriz de dos centímetros y medio situada justo debajo de la ceja; se está curando bien.

—Dios —murmura—, eres preciosa.

Y la besa con suavidad en los labios. Después se seca el pecho y la espalda, y se pone la camiseta.

Janie parpadea.

—¿Qué te has tomado? —pregunta entre risitas, cohibida. Sigue sin acostumbrarse a recibir atenciones y mucho menos cumplidos.

Él se inclina y le pasa un dedo por la oreja, la línea de la mandíbula, la curva del cuello. Sin darse cuenta, Janie cierra los ojos y toma aliento mientras su corazón palpita. Él saca ventaja de la distracción y empieza a mordisquearle el cuello; huele a Axe y a sudor fresco y... la está volviendo loca. Le abraza con fuerza. Siente el calor que desprende su piel incluso a través de la camiseta.

Es el contacto que desde hace tanto anhelan.

La unión.

Su vida les parece malgastada, por haberla vivido sin el otro. Por fin tienen ocasión de resarcirse.

Cabel le da la barra de pesas.

—Entonces... —dice Janie con cautela—. ¿Ya no te molesta que haga de eso... de cebo?

—Pues no.

—Oh.

Janie baja la barra hasta su pecho y vuelve a subirla haciendo fuerza.

—No es que no me moleste, es que no quiero que lo hagas.

Janie se concentra y la sube de nuevo.

—¿Por qué? ¿Qué problema tienes? —pregunta entre resoplidos.

—Pues que... no me gusta. Podrían herirte o violarte. Dios mío... —su voz se va apagando; aprieta la mandíbula—. No puedo permitir que lo hagas. Ni hablar.

Janie deja la barra en el soporte y se sienta, echando chispas por los ojos.

—La decisión no tienes que tomarla tú, Cabel.

Él respira hondo y se peina el cabello con los dedos.

—Janie...

—¿Qué? ¿Crees que no soy capaz de hacerlo? Tú puedes codearte con peligrosos traficantes de drogas y pasarte noches enteras en la cárcel y yo no puedo correr el menor riesgo, ¿no? ¿Ya estamos con el doble rasero? —se pone en pie y le planta cara.

Lo mira de hito en hito.

Los dulces ojos castaños de Cabel le devuelven una mirada de súplica.

—Esto es distinto —dice sin fuerzas.

—¿Porque tú no lo controlas? —inquiere Janie.

—No... es que... eh... —farfulla él.

Janie sonríe un poco y alega:

—Estás gagá. Más vale que te vayas haciendo a la idea. Estoy metida en esto hasta las últimas consecuencias.

Cabel sigue mirándola un momento, luego cierra los ojos y agacha lentamente la cabeza. Suspira.

—Pues a mí sigue sin gustarme. No soporto la idea de que un psicoprofesor pueda estar a menos de cien metros de ti.

Janie le echa los brazos al cuello y apoya la cabeza en su hombro.

—Tendré cuidado —murmura.

Cabel guarda silencio.

Presiona los labios contra su pelo y cierra con fuerza los ojos.

—¿Por qué no puedes ser lo único seguro en mi vida? —susurra.

Janie se aparta para mirarlo.

Sonríe con simpatía.

—Porque lo seguro es aburrido, Cabe.

Pasa cerca de una hora haciendo pesas. Según Cabel, en tres semanas empezará a notar los resultados. Ella solo sabe que los glúteos la están matando.

18:19

Mientras preparan pescado al horno y una enorme ensalada en la diminuta cocina, se tropiezan entre sí. Cabel es un amante de la comida sana e insiste en que Janie debe imitarle; porque ha perdido mucho peso, porque debe enfrentarse a lo que es, a sí misma, durante el resto de su vida.

—Me pone malo verte tan delgada —refunfuña mientras mira cómo va el salmón—, y no es una delgadez sana.

Cuando Janie se queda a pasar la noche en casa de Cabel, este le masajea los dedos de pies y manos antes de que se duerma. Las pesadillas se los dejan entumecidos y doloridos durante horas. Además, Cabel ha convertido el control onírico (pese a que aún sabe poco del tema) en una religión. Todos los días pasa una hora meditando, hablándose a sí mismo para calmarse, imaginando buenos sueños… todo para conseguir el ideal: no soñar. Al menos cuando Janie se queda. Para no tener que separarse de ella. Hasta el momento se las había arreglado para no soñar durante una noche entera, con Janie de testigo; ella se levantó con tan buena cara que parecía otra.

Este es un motivo más para que la nueva misión lo saque de quicio. Sabe que los sueños le harán más efecto a ella que a él.

Físicamente, seguro.

¿Mentalmente? ¿Emocionalmente? Quizás en ese sentido le hagan más daño a él, porque aquello del amor era toda una novedad. Desde que había conocido a Janie, se sentía cada vez más protector. No quería compartirla con ningún hombre, y mucho menos con un monstruo.

Aunque se desatara un escándalo.

De enormes proporciones.

El mayor escándalo jamás visto en el instituto Fieldridge.

22:49

Janie se queda.

—¿Estamos bien? —pregunta bajito.

Tras un breve silencio, Cabel contesta:

—Estamos bien.

En la cama hablan en voz baja, abrazados.

Janie es quien saca el tema:

—Bueno, suéltalo. ¿Sobresaliente en todo?

Él la abraza con más fuerza y cierra los ojos.

—Pues sí.

—Yo, notable en Mates —dice ella por fin.

Cabel guarda silencio. No está seguro de lo que Janie desea oír. Quizá nada, quizá solo quiere quitárselo de encima, soltarlo para que se lo lleve el viento y no resulte tan molesto.

Guarda silencio un poco más y después murmura:

—Te quiero, Janie Hannagan. El tiempo que paso contigo se me hace siempre corto. En cuanto me despierto por la mañana, lo único que deseo es estar a tu lado —se apoya en el codo para incorporarse un poco y verla bien—. ¿Te haces idea de lo raro y lo importante que es eso para mí? Compáralo con cualquier estúpido examen que debas hacer sometida a una tremenda presión; pues el doble.

Lo ha dicho.

Es la primera vez que lo dice en voz alta.

Janie traga saliva. Con fuerza.

Entiende lo que él quiere decir, lo entiende muy bien.

Y quiere expresar lo que siente por él.

Lo malo es que no recuerda haberle dicho a nadie «te quiero». Nunca.

Se acurruca a su lado. ¿Cómo podía haber pasado tantos años sin tocar a la gente? ¿Abrazos? Los brazos habían hecho el gesto pero sin fuerza ni voluntad, como el lazo medio deshecho de un paquete navideño olvidado.

Repasan bajo las sábanas los planes del día siguiente. A diferencia del último semestre, sus horarios no coinciden, porque necesitan un cuadro más amplio del instituto. Todos sus profesores son también distintos. En esta ocasión Cabel concretó su horario con el director Abernethy una vez que Janie tuvo el suyo. El director ignoraba la razón por la que Cabel había escogido determinados profesores, clases y horas; aunque estaba al tanto del trabajo del chico, no sabía nada del de Janie, y la comisaria prefería mantenerlo en la ignorancia.

Cabel accedió a su nuevo horario en todo salvo en una cosa: le pidió a Komisky que su hora de estudio coincidiera con la de Janie. Así podría encubrirla si alguien veía lo que le pasaba allí. A la comisaria le pareció bien.

En el anterior semestre sus horarios eran idénticos, según Cabel por pura chiripa.

Janie no lo creía.

Quizá porque prefería creer que él se había hecho el encontradizo a propósito. Hasta ella tenía derecho a soñar.

Por fin se duermen, pero al poco rato Janie se despierta sobresaltada para salir del sueño de su compañero. Luego se levanta, cierra la puerta del cuarto de Cabel y pasa el resto de la noche en el salón.

3 de enero de 2006, 06:50

La despierta el olor a beicon y café. Su estómago ruge, pero es un apetito normal; no se parece ni por asomo al desfallecimiento que siente a veces tras pasar la noche en pesadillas ajenas.

No quiere abrir los ojos ni cuando Cabel se tumba sobre ella, sobre ella y sus sábanas, y la besa en la oreja.

—La próxima vez me echas a patadas de la cama —susurra él. A Janie le resulta asombroso sentir el peso del cuerpo de Cabel sobre el suyo.

Quizá porque se queda entumecida muy a menudo.

O quizá por lo entumecida que estaba por dentro antes de dejarle entrar en su vida.

Abre los ojos lentamente. Le lleva un momento acostumbrarse a la fuerte luz que entra por la puerta de la cocina y le da justo en los ojos.

—¿Podríamos recolocar los muebles este fin de semana? —pregunta con voz soñolienta—. Es que me gustaría que la próxima vez que durmiera aquí no me enfocaras con esta luz de las narices nada más despertarme.

—Vaya, ¡qué gruñona! Vamos a vivir los mejores días de nuestra vida, ¡deberías temblar de emoción!

Cabel estaba de guasa.

Todo el que empieza la universidad sabe que el mejor semestre tarda cuatro años en llegar, pero ese suele resultar bastante más fácil que el último del instituto.

Janie aparta a Cabel, aunque hubiera preferido quedarse a su lado todo el día.

—Ducha —farfulla arrastrándose hacia el baño. Le duelen los músculos por el ejercicio del día anterior, pero es un dolor agradable.

Cuando sale, el desayuno la espera.

Por fin se ha acostumbrado a comer allí, en aquella mesa… después de la pesadilla de Cabel con los cuchillos y demás.

Luego llega la hora de irse.

La hora de volver a casa para ver cómo está su madre y coger el coche.

Se abraza a Cabel. Se aferra a él.

Ni siquiera entiende el porqué.

Solo sabe que así es feliz.

Él la besa.

Janie le besa.

Ambos se funden en el beso.

Y Janie se va.

Tras cruzar la capa de veinte centímetros de nieve del Michigan invernal, entra corriendo en casa, comprueba que su madre tiene comida en el frigorífico y coge dinero para el almuerzo.

Ella y Cabel aparcan por accidente casi al lado al llegar al instituto; Janie piensa que eso hace a Ethel muy feliz.

07:53

Carrie propina un capón a Janie.

—¡Hola, chica! —dice en español, con expresión tan juguetona como de costumbre—. No te he visto el pelo en las vacaciones. ¿Estás mejor?

Janie hace una mueca.

—Estoy bien. Mira cómo mola mi cicatriz.

Carrie silba, impresionada. Janie le pregunta:

—¿Qué tal Stu? ¿Lo habéis pasado bien en Navidad?

—Bueno, después de lo de la cárcel estuve depre unos cuantos días pero, oye, mierdas que pasan. Ayer tuvimos el juicio, y yo hice lo que me dijiste. A mí me retiraron los cargos, pero Stu tiene que pagar una multa. Por lo menos no irá a la cárcel… —Carrie baja la voz—. Menos mal que no le encontraron coca.

—¡Genial! —Janie sonríe. No podía decírselo, pero sabía de sobra que iban a retirárselos.

—Huy, esto me recuerda que… —Carrie rebusca en su mochila y saca un sobre—. Te devuelvo el dinero de tu universidad. Gracias otra vez, Janie. Fue increíble que llegaras en plena noche a pagarnos la fianza y sacarnos de allí. Oye, ¿y cómo te va con tus ataques? A mí me dan terror, la verdad.

Janie parpadea. Carrie hablaba siempre a toda velocidad y cambiaba de tema sin la menor transición. Lo cual en el fondo estaba bien, porque Janie podía ignorar las preguntas que no le interesaban sin que ella lo advirtiera.

Era un poco egocéntrica.

Y bastante inmadura, a veces.

Pero era su única amiga íntima, y ambas se profesaban una lealtad a prueba de bomba.

—Bueno, ya sabes —dice Janie, y bosteza—. El doctor tiene que hacerme unas pruebas y no sé qué más, y me dijo que dejara de trabajar un tiempo en la residencia. Si me pasara delante de ti, lo del ataque, digo, no te preocupes; lo único que tienes que hacer es evitar que me caiga y me descalabre contra otra máquina de café oxidada, ¿vale?

Carrie se estremece.

—¡Aj, no hables de eso! —exclama—, me da repelús. Oye, he oído que Cabel estaba metido hasta las cejas en el rollo ese de la coca. ¿Le has visto? ¿Estará todavía en la cárcel?

Janie abre unos ojos como platos.

—¡No creo! En fin, no sé. A ver, cuéntame qué noticias tienes de Melinda y de Shay.

—A sus órdenes —dice Carrie muy sonriente.

Carrie siente debilidad por los cotilleos.

Y Janie siente debilidad por Carrie. Lástima que haya secretos que no pueda revelarle.

14:25

Aunque a última hora Janie y Cabel coinciden en el aula de estudio, en este caso la biblioteca del instituto, no se sientan juntos. Nadie parece soñoliento. Todo marcha bien.

Janie, refugiada en su mesa favorita del fondo, acaba un aburrido trabajo de Lengua y ataca el de Química 2. Su primera impresión de la asignatura es positiva. Solo asistían unos cuantos cerebritos para obtener créditos universitarios. Aunque Janie ya había hecho todos los cursos requeridos, estaba añadiendo cuantos podía para ayudarse con la beca de la universidad: Matemáticas avanzadas, Español, Química 2 y Psicología, esta última por sugerencia de Komisky. «Es muy importante para el trabajo policial», le había dicho, «sobre todo si ese trabajo es como el tuyo».

Un papel doblado cae sobre sus deberes y rebota en el suelo. Janie lo recoge sin levantar la vista de su libro de texto y lo abre.

¿A las 16:00?

Eso dice la nota.

Janie mira con naturalidad a la izquierda, entre las filas de estanterías, y asiente.

14:44

Cuando todo se vuelve negro, su libro de Química golpea bruscamente la mesa.

Janie descansa la cabeza en los brazos al ser absorbida por un sueño.

«¡Maldita sea!», piensa. Es de Cabel, o al menos lo parece.

Aunque, desde que Cabel dejó de tener pesadillas, Janie siempre sale enseguida de los sueños de su novio, esta vez se deja llevar. Siente curiosidad; además, el timbre que anuncia el final de las clases sonará pronto.

Cabel está ordenando su armario. Saca metódicamente jerséis y camisas, y se los va poniendo. Tantos se pone que llega un momento en que apenas puede mover su rechoncha figura.

Janie no sabe qué pensar, pero se siente como una fisgona y sale del sueño.

Cuando recobra la vista guarda los libros en la mochila y espera, pensativa, a que acaben las clases.

16:01

Entra en casa de Cabel por la puerta trasera, sacude la nieve de sus botas y las deja dentro de la caja de madera cercana a la puerta. Dobla el chaquetón y lo coloca al lado de las botas. Luego se dirige al sótano.

—Hola —resopla el chico desde el banco de pesas.

Janie le contesta con una sonrisa. Luego estira los músculos, aún algo doloridos, echa mano a la haltera de cinco kilos y empieza las sentadillas.

Los dos trabajan en silencio durante tres cuartos de hora.

Los dos pasan revista mentalmente al día transcurrido.

Hablarán sobre él… pronto.

17:32

Ya duchados y sentados a la pequeña mesa redonda de la sala de ordenadores, Cabel saca papel y bolígrafo mientras Janie enciende el portátil.

—Así deberían ser tus tablas de investigación —dice él haciendo un bosquejo—. Te he mandado la plantilla por *mail*.

Señala las diferentes columnas, explicándole qué debe poner en cada una de ellas. Janie mira la plantilla en su monitor, bizqueando y frunciendo el ceño, luego consulta sus apuntes y empieza a llenar la primera hoja.

—¿Por qué te pones bizca?

—No me pongo bizca. Me concentro.

Cabel se encoge de hombros.

—Vale. Primera hora: Español, señorita Gardenia, aula 112; y ahí va la lista de alumnos. ¿Vas a poner los nombres en inglés o en español?

Janie lo mira con cara de póquer.

Él le sonríe y le tira del pelo.

Ella teclea rápidamente.

Como… noventa palabras por minuto.

Utiliza todos los dedos, no sólo uno de cada mano.

Cabel la mira boquiabierto.

—¡Hostia! ¿Podrías hacerme las mías?

—Faltaría más. Pero tú me dictas, porque andar de la pantalla a los apuntes y de los apuntes a la pantalla me da dolor de cabeza… y me cabrea.

—¿Cómo es que…? —Cabel sabe que Janie no tiene ordenador.

—La residencia —contesta ella—. Archivos, archivos y más archivos. Cuadros, notas, transcripción de términos médicos, recetas y demás.

—¡Vaya!

—¿Por qué no hacemos primero lo tuyo? Así entenderé mejor cómo va.

Cabel hojea un cuaderno de espiral.

—Vale —dice—, escribí aquí unas cuantas notas en el insti… ¡Huy! ¡La madre que me…! Las descifraré y te las dictaré, te lo prometo.

Janie echa un vistazo a las anotaciones.

—¿Pero qué…? —dice quitándole el cuaderno.

Lee la página.

Lo mira.

—El señor Verde, la señora Blanco, la señorita Escarlata... Vaya, qué pena, no está el profesor Ciruela... ¿El coronel Mostaza tampoco? —Janie se echa a reír, recordando a los personajes de Cluedo.

—El coronel Mostaza es el director Abernethy —dice Cabel con cierto mosqueo.

Janie deja de reírse.

Más o menos.

En realidad, suelta una risita según va leyendo, una cada pocos segundos. Sobre todo cuando descubre que la señorita Escarlata es en realidad la señorita García, profesora de Tecnología industrial.

—¡Está codificado, Janie! —a Cabel no parece hacerle la menor gracia—. Por si pierdo el cuaderno, o por si alguien lo mira por encima de mi hombro.

Janie deja de tomarle el pelo.

Pero él insiste:

—Es una buena idea. Tú también deberías codificar tus notas, si tomas alguna. Cualquier error, aunque fuese tonto, podría estropear tu tapadera. Entonces sí que estaríamos listos.

Janie espera.

Para asegurarse de que ha terminado.

Luego dice:

—Tienes razón. Lo siento, Cabe.

Este parece algo menos ofendido.

—De acuerdo, entonces. Sigamos —dice muy serio—. Primera hora: Matemáticas avanzadas, señor Stein, aula 134.

Janie teclea la información e incluye la lista de alumnos.

—¿Ninguna nota? —pregunta.

—En este sitio de aquí —dice Cabel señalándolo—, escribe: «Ligero acento alemán, tendencia a comerse las palabras cuando se excita, juguetea constantemente con la tiza». El tipo es un manojo de nervios. A continuación va la señorita Pancake —añade, y ninguno de los dos se ríe porque hace años que la conocen—. Nada que anotar. Es gordezuela y dulce, tipo abuela... su perfil tiene muy poco que ver con el que buscamos, pero de momento no podemos descartar nada. Seguiré vigilando.

Janie asiente, va a la tercera página y escribe los datos requeridos. Así, en unos treinta minutos, las tablas de Cabel están preparadas. Janie se las manda por *mail*.

—Voy a acabar mis deberes mientras tú acabas tus hojas, si no te importa —dice Cabel—, si tienes alguna duda, me preguntas. Y no te olvides de anotar cualquier intuición o sensación rara o sospecha... lo que sea. Aquí no hay pistas falsas.

—Entendido —contesta Janie. Luego apoya con suavidad los dedos sobre el teclado y acaba sus tablas antes que Cabel sus deberes. Vuelve atrás y estudia cada entrada, tratando de añadir alguna nota. Como no hay manera, se promete estrujarse los sesos al día siguiente—. Entonces, ¿has hablado con Shay? —pregunta sin darle importancia cuando Cabel cierra sus libros. Janie ha visto que coinciden en tres clases.

Cabel la mira esbozando una sonrisita, consciente de la verdadera pregunta.

—Saber que voy a coincidir con Shay Wilder me da ganas de sacarme los ojos con un cuchillo jamonero —responde. Luego la atrae hacia sí y la abraza. Janie descansa la cabeza en su hombro mientras él le acaricia el pelo y le pregunta esperanzado—. ¿Te quedas esta noche?

Janie piensa en la caja de archivos que ha dejado en su cuarto.

Detesta que estén allí, sin tocar. Son como deberes del instituto sin hacer que no se le van de la cabeza. No puede soportarlo.

Pero... le sienta como un tiro dejar a Cabel.

La pregunta se queda en el aire.

—No puedo —contesta por fin—, tengo cosas que hacer en casa.

Decirse «buenas noches» es complicado. Ambos se quedan en la puerta trasera, frente a frente, unidos como una estatua mientras sus labios murmuran y se acarician.

21:17

Janie llega a casa después de haber pasado quince minutos escondida detrás de unos árboles mientras Carrie quitaba la nieve de su coche antes de marcharse, probablemente al piso de Stu. No quería decirle de dónde venía, aunque era consciente de que su amiga acabaría por descubrir alguna vez que el coche de Janie estaba en casa y Janie no.

Por suerte, Stu y Carrie pasaban juntos la mayor parte de su tiempo libre, sobre todo desde que los padres de ella habían descubierto que el chico no tenía nada que ver con la cocaína. Sin embargo, como Carrie se derrumbó y les dijo que la habían arrestado, estaba castigada. De por vida.

21:25
Janie se echa en la cama, saca el primer archivo de la caja y se sumerge en la vida de la señora Stubin.

Avance informativo: la señora Stubin no fue maestra de escuela.

Y estuvo casada.

Janie abre la boca y se olvida de cerrarla. La frágil, artrítica, ciega y escuálida «maestra jubilada» a quien leía libros había llevado una doble vida.

23:30
Se sostiene la dolorida cabeza, cierra el archivo, lo devuelve a la caja y guarda esta en el armario. Luego apaga la luz y se acuesta.

Recuerda al militar del sueño de la anciana.

«La señora Stubin», piensa con una sonrisa en los labios, «ha vuelto».

01:42
Janie sueña en blanco y negro.

Camina por la calle Center al anochecer. El tiempo es lluvioso y frío. Janie conoce este lugar, aunque no sepa en qué ciudad se encuentra. Mira emocionada hacia la tienda de confecciones de la esquina, pero no ve a la joven pareja que pasea del brazo.

—Estoy aquí, Janie —dice a sus espaldas una voz dulce—. Ven, siéntate conmigo.

Al volverse ve a la señora Stubin en su silla de ruedas, junto a un banco de madera.

—¿Señora Stubin?

La anciana ciega sonríe.

—Ya veo que Fran te ha dado mis notas. Te estaba esperando.

Janie se sienta en el banco, con el corazón a cien por hora. Nota que los ojos se le llenan de lágrimas y se libra de ellas parpadeando con rapidez.

—Me alegro mucho de verla, señora Stubin —dice deslizando su mano entre los agarrotados dedos de la anciana.

—Sí, eres tú, no hay duda —la señora sonríe—. ¿Entramos en materia?

Janie la mira perpleja.

—¿Qué materia?

—Si estás aquí es porque has aceptado trabajar para Fran Komisky, como hice yo.

—¿Sabe la comisaria que estoy soñando esto?

La señora Stubin suelta unas risitas.

—Claro que no, aunque puedes contárselo si quieres. Dale muchos recuerdos de mi parte. El caso es que yo estoy aquí para cumplir una promesa que me hice a mí misma. Estar a tu disposición, como hizo quien me instruyó a mí: quedarse conmigo hasta que estuve preparada y fui consciente de cuál era mi verdadero propósito en la vida. Estoy aquí para ayudarte lo más que pueda mientras sigas necesitándome; después, me iré.

A Janie se le desorbitan los ojos. «¡No!», piensa, pero no lo dice. Espera que pase mucho tiempo antes de que deje de necesitarla.

—Así que, ya sabes, ven a verme de cuando en cuando mientras examinas mis archivos. Si tienes alguna duda respecto a mis notas, por ejemplo. Sabrás encontrarme, ¿no?

—¿Quiere decir que si sabré volver a este sueño?

La señora Stubin asiente.

—Sí, creo que podré hacerlo, aunque he perdido práctica —reconoce Janie un poco avergonzada.

—Sé que podrás —contesta la anciana oprimiendo sus rígidos dedos sobre la mano de Janie—. ¿Te ha encargado la comisaria alguna otra misión?

—Sí. Creemos que uno de los profesores del instituto es un depredador sexual.

La señora Stubin suspira.

—Es una misión complicada. Ten cuidado, sé creativa… Te será difícil encontrar los sueños en los que debas entrar. Conserva las fuerzas y estate preparada para no desaprovechar las ocasiones de averiguar la verdad. Los sueños se presentan en los lugares más insospechados; no bajes la guardia.

—No… no lo haré.

La anciana ladea la cabeza.

—Debo irme —se despide. Luego sonríe y se desvanece, dejándola sola en el banco.

02:27

Janie parpadea y abre los ojos. Se queda mirando fijamente el techo. Después enciende la lámpara de la mesilla para anotar el sueño en su cuaderno. «¡Guau!», piensa, «¡estupendo!».

Mientras apaga la luz y vuelve a tumbarse, su boca esboza una sonrisa soñolienta.

VISTO Y NO VISTO

6 de enero de 2006, 14:10

Janie está codificando sus anotaciones, como hiciera Cabel:

Corta = Español, señorita Gardenia.
Doc = Psicología, señor Wang.
Feliz = Química 2, señor Durbin.
Lelo = Lengua, señor Purcell.
Loca = Mates, señorita Craig.
Lerdo = EF, señor Crater.
Y, por supuesto, Modorra = Estudio.

Desde luego, el Estado de Michigan estaba bastante amodorrado en los oscuros meses de enero y febrero.

El aula de estudio hacía juego. Con la falta de incidentes de las semanas anteriores (salvo los sueños de Cabel), a Janie le costaba cada vez más sentir el tirón.

Necesitaba hacer prácticas en casa, para concentrarse otra vez en sus propios sueños. Conservaría las fuerzas, como le había aconsejado la señora Stubin; debía hacerlo para no venirse abajo.

14:17

Janie lo siente llegar. Deja el libro sobre la mesa y mira a Cabel. No procede de él. El chico le dirige una sonrisa apenada cuando ve la expresión de su rostro y ella intenta devolvérsela, pero ya es tarde.

El sueño la golpea en el vientre como un saco de piedras, la dobla en dos, la ciega y la transporta en un torbellino hacia la mente de Stacey O'Grady. Janie reconoce el sueño: Stacey coincidió con ella en el aula de estudio del anterior semestre y tuvo esa misma pesadilla.

Janie se encuentra en el coche de Stacey, que esta conduce de forma temeraria por una carretera oscura cercana al bosque. Del asiento trasero sale un gruñido y después unas manos de hombre que rodean el cuello de la chica y lo oprimen. Stacey se ahoga. Pierde el control del coche, que va a toda velocidad hacia la cuneta, choca contra una hilera de arbustos y vuelca en un aparcamiento.

Cuando el vehículo se detiene, Stacey, ensangrentada, sale a través del parabrisas roto y echa a correr.

El hombre va detrás. Es una persecución enloquecida a la que Janie se ve arrastrada, pero no consigue la concentración suficiente para llamar la atención de Stacey, que además está gritando a pleno pulmón. La chica intenta esquivar al hombre por todo el aparcamiento, hasta que no tiene más remedio que ir corriendo hacia el bosque, pero...

tropieza...

cae...

y él se le echa encima, clavándola al suelo, gruñendo como un perro sobre su rostro...

14:50

Aunque han pasado tres minutos desde el final de la pesadilla, Janie continúa sufriendo espasmos musculares. No ha oído el timbre, pero Stacey sí, por lo visto, porque el sueño se había detenido de repente.

Janie no siente nada, no ve, pero oye susurrar a Cabel:

—Tranquila, nena, todo irá bien.

14:57

El chico le frota suavemente los dedos mientras sigue hablándole en susurros, diciéndole que ya no queda nadie, que se han ido todos, que se tranquilice.

Janie se endereza poco a poco.

Se estruja las manos hasta que siente dolor y placer. Mueve los dedos de los pies. Siente la cara como después de una visita al dentista para hacerse un empaste.

Cabel le frota los hombros, los brazos, las sienes. Ella deja por fin de temblar. Intenta decir algo, pero solo consigue emitir un débil siseo.

15:01

—Cabel —dice al cabo de un rato.

—¿Estás preparada para moverte?

Janie niega despacio con la cabeza, se vuelve hacia él y extiende la mano.

—Sigo sin ver —responde en voz baja—. ¿Cuánto ha durado?

Cabel vuelve a ponerle las manos sobre los hombros y las desliza hasta sus dedos.

—No mucho, unos minutos —contesta con dulzura, aunque piensa: «Más bien doce».

—Era de las malas.

—Ya. ¿Has intentado salir?

Janie apoya la frente en la palma de la mano y gira despacio la cabeza a izquierda y derecha. Su voz es débil:

—No, no lo intenté. Lo que intenté fue ayudar a Stacey a cambiar lo que ocurría, pero no conseguí que me prestara atención.

Cabel se levanta y pasea arriba y abajo.

Ambos esperan.

Janie empieza por fin a distinguir formas. Aunque borroso, el mundo vuelve poco a poco.

—¡Puf! —exclama con una sonrisa trémula.

—Te llevo a casa —dice Cabel cuando el conserje entra en la biblioteca y los mira con suspicacia. Luego guarda los libros de Janie en la mochila y hurga en su interior—. ¿No te has traído nada de comer? A mí se me han acabado las Powerbars.

—Eh… —Janie se muerde los labios—. Ya estoy bien. Y me pondré mejor. Puedo conducir.

Cabel frunce el ceño, pero no la contradice; se carga la mochila al hombro y la ayuda a levantarse.

Cuando salen al aparcamiento nieva un poco.

Cabel abre la puerta del pasajero de su propio coche y mira a Janie con la mandíbula apretada.

Paciente.

Esperando.

Hasta que ella entra.

Conduce en silencio hasta un supermercado, sale y regresa con un cartón de leche y una bolsa de plástico.

—Abre la mochila —dice.

Janie hace lo que le ordenan.

Él echa media docena de Powerbars y abre una, que le da junto al cartón de leche.

—Luego iré a traerte el coche —añade extendiendo la mano para que Janie le entregue las llaves. Ella baja los ojos y se las da.

Él la lleva hasta casa.

Sin apartar la vista del volante, sin dejar de apretar la mandíbula.

Al llegar, espera a que ella salga.

Janie le mira con expresión de perplejidad.

—Oh —dice por fin, con un nudo en la garganta. Luego coge su mochila y la leche, y sale del coche. Cierra la puerta, sube los escalones de su casa y se sacude la nieve de las botas; no mira atrás.

Cabel sale despacio del camino de acceso y, tras comprobar que ella ha entrado en casa, se marcha.

Janie, confundida y triste, se va directamente a la cama para dormir un poco.

20:36

Está despierta, y hambrienta. Mira por la cocina en busca de algo sano y solo encuentra un tomate pocho en el frigorífico. El tallo huele a moho. Suspira; no hay más remedio. Se pone el chaquetón y las botas, saca cincuenta dólares del sobre para alimentación y sale de casa.

La nieve es una belleza. Los copos son tan pequeños que centellean como lentejuelas a la luz de las farolas y de las luces de los coches que pasan. Hace frío, quizás unos cinco grados bajo cero. Janie se pone los guantes y se ciñe el cuello del chaquetón. Menos mal que lleva botas.

Cuando llega al supermercado, situado a kilómetro y medio, lo encuentra casi vacío. Solo unos cuantos compradores pasean bajo la música ambiental que emiten los altavoces. La tienda está muy iluminada y Janie parpadea al entrar. Se hace con un carro y se encamina a la sección de comestibles, sacudiéndose los copos de nieve del pelo. Se desabrocha el chaquetón y se guarda los guantes en los bolsillos.

La compra le resulta relajante. Se toma su tiempo: lee las etiquetas, escoge productos que combinan o pueden combinar bien, elige las verduras más frescas y va calculando mentalmente el precio. Es como una sesión con el psicólogo. Cuando piensa que ya ha gastado casi todo el dinero que lleva, se dirige hacia las cajas por el pasillo de los productos para hornear. Mientras zigzaguea, observando los distintos tipos de aceites y especias, detiene el carro.

Mira a la izquierda.

Calcula de nuevo el precio de la compra.

Y escoge, no muy decidida, una caja roja y un pequeño envase cilíndrico. Los coloca cerca de los huevos y la leche.

Luego sigue hacia la parte delantera del comercio y se detiene en la fila de la única caja abierta. Para hacer más corta la espera, lee los titulares de los periódicos. De improviso siente una oleada de náuseas, de pura hambre. Mientras descarga su compra sobre la cinta, observa con ansiedad el aumento paulatino pero imparable de la cuenta.

—Cincuenta y dos con doce —anuncia la cajera.

Janie cierra los ojos un instante.

—Lo siento —se disculpa—. Llevo solo cincuenta dólares. Tengo que dejar algo.

La cajera suspira; la fila de la caja crece. Janie se pone como un tomate y no mira a nadie mientras decide qué necesita menos.

Por fin retira el preparado para tarta y el glaseado.

Se los da a la cajera.

—Quite esto, por favor —dice en voz baja. «Así cuadrará», piensa.

La cajera, que parece tomárselo como una ofensa personal, aporrea las teclas con inquina.

La gente de la fila refunfuña, se impacienta y rebulle con nerviosismo.

Janie los ignora.

Sudando profusamente.

—Cuarenta y ocho con uno —bufa la cajera al cabo de un siglo, y cuenta el dólar noventa y nueve del cambio como si levantar el peso de cada moneda le partiera la espalda en dos.

Janie agarra las abultadas bolsas, tres por brazo, y sale a toda prisa. Aspira el frío aire exterior y, en cuanto llega a la calle, flexiona los brazos para completar su sesión diaria de ejercicios, intentando no romper el pan ni los huevos. Al principio siente un dolorcillo agradable en los músculos; luego, dolor a secas.

Cuando ha recorrido unos quinientos metros, un coche afloja la marcha y se detiene ante de ella. Un hombre se apea.

—La señorita Hannagan, ¿no? —pregunta. Es Feliz, también conocido como señor Durbin, profesor de Química 2—. ¿Quieres que te lleve? Estaba en tu misma caja, unos clientes más atrás.

—No… no se moleste. Me gusta andar.

—¿Estás segura? —dice el profesor, dedicándole una sonrisa escéptica—. ¿Hasta dónde vas?

—Bueno… colina arriba, solo un poco más lejos.

Janie señala con un asentimiento de cabeza hacia la nevada carretera que desaparece en la oscuridad, más allá de los faros del coche detenido.

—De verdad que no es problema. Sube, anda.

El señor Durbin sigue allí, esperando, con el brazo apoyado en la parte superior de la portezuela abierta, como si no aceptara un no por respuesta. A Janie se le eriza el vello de la nuca. Sin embargo… quizá deba aprovechar la ocasión para conocer un poco más al profesor, con fines detectivescos.

—Bueno… —dice (además, se muere de hambre)—. Gracias —añade abriendo la puerta del pasajero.

El señor Durbin se monta y traslada sus bolsas de la compra al asiento de atrás para hacerle sitio.

—Todo recto, hasta Butternut —indica Janie una vez que sube—. Perdone —agrega, aunque no sabe muy bien por qué; quizá por las molestias.

—No te preocupes, de verdad. Vivo justo enfrente del viaducto, en Sinclair. Me pilla de paso —contesta Durbin. El chorro de aire caliente de la calefacción llena el silencio—. Dime, ¿te gusta la clase? A mí me encanta tener tantos alumnos. Diez es mucho para este tipo de asignaturas.

—Sí, sí me gusta —responde Janie. De hecho, es su clase preferida, pero no ve la necesidad de comunicárselo—, y me gusta que haya poca gente; así cada uno tenemos nuestro sitio en el laboratorio. En Química 1 estábamos por parejas.

—Claro —dice él—. ¿Tu profesora fue la señorita Beecher?

—Sí.

El señor Durbin entra en el camino de acceso que Janie le señala y se asombra al ver a Ethel allí, con aspecto de recién aparcado: no hay nieve encima y del capó sale vapor.

—O sea que, en una noche así, ¿prefieres ir a pie y cargar con la compra hasta casa? —pregunta Durbin riéndose.

Janie sonríe.

—No sabía si esta noche la vieja Ethel sería capaz de volver con toda esta nieve. Mire cómo está ya.

No da más explicaciones. El profesor aparca y abre su portezuela.

—¿Te echo una mano? —pregunta.

Las asas de las bolsas de Janie, enredadas durante el camino, hacen todo lo posible por no dejarse agarrar.

—No se moleste, señor Durbin.

Este sale del coche de un salto y corre hacia su lado.

—Por favor —dice, agarrando tres bolsas y sacándolas. Cuando Janie sale por fin, la sigue hacia la casa.

Janie duda mientras se sacude la nieve de las botas y se recoloca las bolsas para abrir la puerta. En ese momento es consciente de cosas que la mayor parte de los días le pasan desapercibidas. La puerta mosquitera tiene un desgarrón y parece bastante desportillada. La madera de la fachada está podrida en la base y la pintura se cae a tiras.

«Cuernos», piensa al entrar con Durbin a la zaga. La luz del vestíbulo la deslumbra un instante. Se para de golpe y el profesor tropieza con ella.

—Perdona —dice él con tono avergonzado.

—Ha sido culpa mía —contesta Janie; le da un poco de miedo tenerlo en casa. No quiere bajar la guardia. Al fin y al cabo, ¿quién sabe?, podría ser el depredador.

Entran en la penumbrosa cocina. Janie deja las bolsas sobre la encimera y él coloca el resto al lado.

—Muchas gracias —dice Janie.

Él sonríe.

—No hay de qué. Hasta el lunes —responde dirigiéndose a la puerta.

El lunes. Ese lunes, Janie cumplirá dieciocho años.

En cuanto ve que el profesor desaparece, rebusca en las bolsas en misión especial: extrae un puñado de uvas, las lava con rapidez y se las mete en la boca, saboreando el estallido de dulzura. Cuando empieza a sacar los demás comestibles, oye un paso a sus espaldas.

Gira como una peonza.

—¡Jesús, Cabe! Me has dado un susto de muerte.

Él balancea las llaves de Ethel entre índice y pulgar.

—Me he colado pensando que estarías aquí pero, cuando he oído una voz de más, me he escondido en tu cuarto. ¿Quién era ese? —pregunta en un tono que pretende, sin éxito alguno, ser despreocupado.

—¿Estás celoso? —bromea Janie.

—Quién. Era. Ese —articula él.

Janie sube una ceja.

—El señor Durbin. Me ha visto de camino a casa y se ha ofrecido a traerme. Estaba detrás de mí en la cola del supermercado.

—¿Ese era Durbin?

—Sí. Yo creo que ha sido muy amable —remacha Janie. Aunque en realidad no piense lo mismo, no le apetece discutir con Cabel por cuestiones de trabajo. En ese momento no.

—Es… joven. ¿Y a qué se dedica? ¿A recoger alumnas? Qué raro, ¿no?

Janie espera para ver a dónde quiere ir a parar, pero por lo visto Cabel ya ha dicho todo lo que tenía que decir. Aun así, Janie se promete anotar el incidente en su archivo del caso… más valía ser precavida. Luego se vuelve y continúa colocando la compra. La sigue confundiendo el silencio anterior de Cabel, pero no lo comenta.

—No sabía dónde estabas —dice él por fin.

—Si me hubieras dicho que ibas a entrar, te habría dejado una nota, pero —prosigue fríamente—, como parecías tan cabreado conmigo, no adiviné tus intenciones.

A esas alturas la cabreada es ella, y temblorosa además. Agarra la leche, rasga el abrefácil y toma un buen trago. Una vez que deja la leche, busca algo sencillo de preparar. Escoge unas cuantas uvas más y las engulle.

Cabel no le quita ojo; y la mira de una forma muy rara, tan rara que Janie no la entiende.

—Gracias por traerme el coche. De veras. ¿Has vuelto al instituto andando?

—No. Me ha llevado mi hermano Charlie.

—Bueno, pues dale las gracias a él también.

Janie ha abierto la mantequilla de cacahuete y echa pegotes en una rebanada de pan. Vierte leche en un vaso alto, agarra el sándwich y esquiva a Cabel para dirigirse al salón, donde pone la tele y se queda mirando fijamente la pantalla.

—¿Quieres un sándwich o algo? —pregunta—. ¿Quieres quedarte? —añade; ya no sabe qué más decir, él no deja de observarla.

Por fin Cabel saca un trozo de papel del bolsillo de su chaqueta y lo desdobla. Quita el televisor.

—Atiende un minuto —dice. Se coloca delante de ella, se vuelve y camina quince pasos en dirección contraria; se detiene y da media vuelta para mirarla desde allí.

—¿Se puede saber qué haces?

—Lee esto. En voz alta, por favor.

Es una carta de Snellen, de esas con letras que se utilizan para medir la agudeza visual.

—Tío, estoy intentado comer, ¿vale?

—Lee, por favor.

Janie suspira y observa el papel.

—E —dice, y sonríe.

Cabel no le devuelve la sonrisa.

Janie lee la siguiente línea.

Y la siguiente. Bizqueando y suponiendo.

—Tápate el ojo derecho y lee otra vez.

Janie obedece.

—Ahora el izquierdo.

—Grrr —protesta Janie, aunque obedece: de memoria.

Lo único que distingue con el ojo derecho es la «E», pero no lo confiesa; se limita a repetir las letras que recuerda.

Entonces Cabel saca otra carta.

—Lee otra vez con ese ojo —dice.

—¿Pero qué te pasa? —pregunta Janie casi a gritos—. ¡Jesús, Cabel, no soy tu hijita ni nada parecido!

—¿Puedes leer esto o no puedes?

—Ene —dice Janie.

—¿Eso es todo lo que ves?

—Sip.

—Vale —Cabel se muerde los labios—. Perdóname un segundo, ahora vuelvo.

—Tranquilo —contesta Janie. O sea, que necesitaba gafas… quizá. Pues vaya cosa. Cabel desaparece en el cuarto de Janie, quien le oye hablar solo y oye crujir el suelo con sus pasos.

Tras acabar su sándwich y su vaso de leche, vuelve a la cocina para prepararse algo más. Pela una zanahoria sobre el cubo de basura y se llena otra vez el vaso.

Se lo lleva todo de nuevo al salón, se sienta y pone la tele. Ya se encuentra mucho mejor y las manos han dejado de temblarle. Se acaba la leche, que ya siente bailotear en sus tripas, y sonríe satisfecha. Debería posar para los carteles de la campaña publicitaria «¿Tomas leche?».

22:59

Al salir del amodorramiento posterior a la cena, se pregunta qué habrá estado haciendo Cabel en su habitación. Se levanta, recorre el corto pasillo, abre la puerta y de inmediato es absorbida por la oscuridad interior.

Se tambalea.

Se cae.

Cabel, frenético, trata de cerrar una puerta con pasadores. Cada vez que corre uno aparece otro nuevo, y cuando corre el nuevo, los demás se descorren de golpe. No puede parar.

Janie busca la puerta a ciegas.

Logra salir a gatas y cierra tras ella, con lo que interrumpe la conexión.

Parpadea, ve puntos negros, se pone en pie. Tras sacar una manta raída del armario se acomoda en el sofá, suspirando. Ya no podía dormir ni en su propia cama.

7 de enero de 2006, 06:54

Se despierta sobresaltada, mirando alrededor. Una ráfaga de aire frío recorre el salón. Se levanta y va a la cocina para mirar por la ventana. Hay pisadas frescas sobre la nieve que conducen a la calle, la cruzan y siguen por la acera de enfrente.

Mira su cuarto.

Cabel se ha ido.

Menea la cabeza. «Será imbécil», se dice.

Entonces encuentra la nota.

Janie:

Mierda, soy imbécil. Lo que siento es que no me despertaras a guantazos. Hoy tengo bastante que hacer, pero ¿podrías llamarme?

¿Por favor?

Te quiero.

Cabe

¿Cómo no iba una a perdonar a un tío que admitía ser imbécil?

Janie se deja caer en la cama. La almohada conserva el olor del tío en cuestión. Sonríe y la abraza.

«Quiero soñar con la calle Center para hablar otra vez con la señora Stubin», se dice, y se lo repite una y otra vez hasta que el sueño la vence.

07:20

Se da la vuelta para mirar el reloj. Suspira. Está oxidada. Repite el mantra. Se imagina la calle.

08:04

Está de pie en la crepuscular y lluviosa calle Center.

Mira a su alrededor.

No hay nadie.

Recorre la calle arriba y abajo para buscar a la anciana, pero sigue sin verla. Se sienta en el banco donde habló con ella.

Espera.

Se pregunta qué habrá hecho mal.

Recuerda la conversación que mantuvieron.

«Ven a verme si tienes alguna duda respecto a mis notas», le había dicho.

Janie se palmea la frente y el sueño se desvanece.

Cuando despierta, se promete practicar todas las noches para controlar mejor sus sueños. Eso la ayudará, seguro que sí.

También se promete seguir leyendo las notas de la señora Stubin, a fin de dar con alguna pregunta que hacerle.

10:36

Mastica una tostada mientras saca la caja de archivos del armario. Empieza donde lo dejó y sigue leyendo con fascinación.

16:14

Ha acabado el segundo archivo y sigue en la cama, con pijama. Hay restos de tentempiés por todas partes. No vuelve a acordarse de la nota de Cabel hasta que suena el teléfono.

—Diga.

—Buenasss.

—¡Mierda!

Cabel se ríe.

—¿Puedo ir a verte?

—Todavía estoy en pijama. Dame treinta minutos.

—Concedidos.

—Oye, Cabe…

—¿Sí?

—¿Por qué estás enfadado conmigo?

Él suspira.

—No estoy enfadado contigo, en serio. Es solo que… me preocupo por ti. ¿Lo hablamos cuando llegue?

—Claro.

—Hasta ahora.

16:59

Janie abre la puerta cuando oye llamar suavemente con los nudillos, pero al asomarse ve con gran sorpresa que se trata de Carrie.

—¡Hola, soy yo, tu amiga para lo bueno! —la chica sonríe con timidez.

«Cuernos», piensa Janie, pero le cuelga el abrigo y compone una sonrisa.

—Hola, amiga —dice—. Estaba a punto de salir para espalar la nieve. ¿Me ayudas?

—Eh… bueeeno.

—¿Pasa algo?

—Nada. Que estoy aburrida.

—¿Dónde se ha metido Stu?

—Ayer tuvo noche de póquer.

—Aaah. ¿La tiene a menudo?

—Pues no, solo cuando el tipo ese le llama.

—Mmmm.

Janie agarra la pala y empieza a limpiar los escalones, con la cara vuelta en la dirección por la que espera ver venir a Cabel. Está oscureciendo, pero supone que él la verá.

—¿Qué vas a hacer esta noche?

—¿Yo? —Janie se ríe—. Los deberes, por supuesto.

—¿Quieres compañía? —pregunta Carrie con tono de esperanza.

—¿Tienes deberes?

—Claro. La cuestión es si los haré o no.

Janie ve a Cabel por el rabillo del ojo, está parado en el patio lateral de los vecinos de enfrente.

—Bueno, esto ya está. Vamos dentro —dice tras golpear la pala y subir los escalones.

Carrie entra y Janie la sigue tras lanzar a Cabel una mirada fugaz. Él se encoge de hombros y le hace el signo de OK. Janie cierra la puerta.

Carrie se va a medianoche, cuando ya ha logrado emborracharse con el alcohol de la madre de Janie.

Esta piensa en hacerle una visita a Cabel, pero prefiere acostarse y verlo por la mañana.

8 de enero de 2006, 10:06

Al llamar a Cabel, solo puede dejarle un mensaje de voz.

11:22

Cabel le devuelve la llamada y deja un mensaje en el contestador.

12:14

Janie vuelve a llamar con el mismo resultado de la primera vez.

14:42

El teléfono suena.

—Diga —dice Janie.

—¡Te echo de menos! —exclama Cabel, riéndose.

—¿Dónde estás?

—En la Universidad de Michigan. Tengo que hacer unas cosas.

—¡Cuernos!

—Ya.

Se hace un silencio.

—¿Cuándo llegarás a tu casa?

—Tarde. Lo siento, cielo.

—No pasa nada —dice Janie suspirando—. Ya nos veremos mañana, si puede ser.

—Sí, claro que sí —contesta él en voz baja.

CUMPLEAÑOS CLANDESTINO

9 de enero de 2006, 07:05

En su cumpleaños, Janie se despierta dándose muchísima pena a sí misma.

No debería pasarle.
Pero le pasa todos los años.
Y este parece que le pasa todavía más.

Cuando entra en la cocina, su madre la obsequia con una especie de gruñido mientras se prepara su copa matutina, con la que se encierra en su habitación. Igualito que cualquier otro día.

Janie se prepara un gofre y le clava una maldita vela que enciende y sopla.

«Me deseo feliz cumpleaños», piensa.

Por lo menos, cuando vivía su abuela tenía un regalo.

Llega tarde al instituto. Corta le da una nota de retraso y no se retracta.

Janie siempre ha odiado a Corta.

Es la más estúpida. Enana. Del universo.

La psicología es interesante.

Pues no.

El señor Wang es el profesor más incompetente de la historia de la enseñanza de la materia. Janie, de hecho, sabe ya más que él. Seguro que solo dará clases hasta que triunfe en el mundo del espectáculo (por lo visto le encanta bailar). Carrie le dijo que Melinda lo había visto en un club de Lansing y que lo daba todo.

Cosa rara, por cierto, porque parecía cortadísimo. Janie hace una anotación y derrama su Powerade rojo sobre el cuaderno. El líquido cae además sobre su zapato; se lo empapa.

En Química le explota el vaso de precipitados.

Fragmentos de vidrio salen disparados con saña contra su estómago.

Le rasgan la blusa.

Tiene que ir a la enfermería para detener la hemorragia. La enfermera le aconseja que tenga más cuidado. Janie pone los ojos en blanco.

Al volver, el señor Durbin le pide que regrese al acabar las clases, para hablar del incidente.

La comida consiste en hamburpétreas.

Lelo, Loca y Lerdo permanecen alertas. Después de comer siempre se duerme alguien, incluso en Educación física, porque están dando temas de salud. Janie acaba por tirar clips a la cabeza de los durmientes para despertarlos.

Cuando llega la hora de estudio, ha acumulado tanta tensión que siente ganas de llorar. Carrie tampoco se acuerda de su cumpleaños, para variar. Por si fuera poco, en ese momento le empieza el periodo.

Pide permiso y pasa casi toda la hora en el baño, para aislarse del mundo. No tiene tampones ni tiene un cuarto de dólar para sacar uno de la máquina, así que va a la enfermería por segunda vez.
La enfermera está más bien borde.

Por fin, cuando faltan cinco minutos para que acaben las clases, entra en la biblioteca. Cabel la mira intrigado. Janie menea la cabeza, como diciendo que todo va de maravilla.
Él mira en derredor y se desliza en el asiento hasta quedar frente a ella.
—¿Te encuentras bien? —pregunta.
—Sí, es que llevo un asco de día.
—¿Nos vemos esta noche?
—Supongo.
—¿A qué hora podrás venir?

Janie lo piensa.

—No sé. Tengo que hacer unas cosas. ¿A las cinco o así?

—¿Tienes ganas de salir?

—Sí —responde Janie con una sonrisa.

—Pues aquí te espero.

Cuando suena el timbre, Janie acaba sus deberes de Lengua, recoge la mochila y el chaquetón, y se encamina al aula del señor Durbin. Ya sospecha el motivo de la explosión de su vaso de precipitados, pero no tiene la menor gana de explicárselo al profesor.

Lo primero que ve al abrir la puerta son los pies del mismo sobre el escritorio. Se ha aflojado la corbata y se ha desabrochado el primer botón de la camisa. Tiene el pelo de punta, como si se hubiera peinado con los dedos. Ordena papeles sobre su regazo. Levanta la mirada.

—Hola, Janie. Enseguida estoy contigo —dice haciendo garabatos.

Janie espera cambiando el peso del cuerpo de un pie a otro. Le duele la tripa, y la cabeza.

Tras unos cuantos garabatos más, el profesor deja el bolígrafo y la mira.

—Un mal día, ¿no?

Pese a sí misma, Janie sonríe.

—¿Cómo lo sabe?

—Intuición masculina —contesta Durbin. Luego se calla, como pensando qué decir a continuación; por último añade—. ¿Por qué el pastel?

—¿Perdón?

—¿Por qué dejaste el pastel en vez de cualquier otro producto de tu compra?

—No llevaba suficiente dinero.

—Ya, eso ya lo sé. Es una lata cuando pasa, pero ¿por qué no dejaste las uvas o las zanahorias u otra cosa?

Janie entrecierra los ojos.

—¿Por qué lo pregunta?

—Hoy es tu cumpleaños. No me digas que no, he mirado tu ficha.

Janie se encoge de hombros y aparta la mirada.

—Yo no necesito un pastel —dice en voz baja, esforzándose por contener las lágrimas.

El profesor la observa, pensativo. Janie no consigue descifrar la expresión de su cara.

—Bueno, háblame de tu miniexplosión —dice él cambiando de tema.

Janie se encoge.

Suspira.

Señala la pizarra.

—No veo bien lo que escribe.

El señor Durbin se da golpecitos en la barbilla con el dedo índice.

—Ya, eso lo explica todo —afirma sonriendo y echando la silla hacia atrás—. ¿Has ido al oculista?

—Aún no —responde Janie bajando la cabeza.

—¿Cuándo tienes cita? —inquiere el profesor. Luego se levanta, recoge un vaso de precipitados y los componentes de la fórmula y lo deja todo sobre la mesa de laboratorio de Janie. Le hace señas para que se acerque.

—Todavía no la he pedido.

—¿Necesitas ayuda económica, Janie? —pregunta él con amabilidad.

—No... Tengo dinero —contesta ella sonrojándose. No era ninguna gorrona.

El señor Durbin mira la fórmula.

—Perdona, solo quería ayudar. Eres una alumna excelente, pero para seguir siéndolo necesitas ver bien.

Janie guarda silencio.

—¿Repetimos el experimento? —pregunta el profesor empujando el vaso hacia ella.

Janie se pone las gafas protectoras y enciende el quemador. Mira las instrucciones parpadeando y mide los ingredientes.

—Esto es un cuarto, no un medio —observa el profesor, señalando.

—Gracias —mascula Janie muy concentrada. No piensa meter la pata por segunda vez.

Pone a calentar la mezcla y la remueve durante dos minutos.

Deja que rompa a hervir.

Cronometra a la perfección.

Apaga el fuego.

Espera.

La solución adquiere un glorioso color morado.

Huele a jarabe para la tos.

Es perfecta.

El señor Durbin le da palmaditas en el hombro.
—Muy bien, Janie.
Ella sonríe y se quita las gafas.
La mano de él sigue en su hombro.
Acariciándolo.
A Janie le da un vuelco el corazón. «¡Ay, Dios!», piensa. Lo único que quiere es salir de allí cuanto antes.
Él sonríe orgulloso y desliza la mano por su espalda con tal suavidad que Janie apenas lo nota; la mano se detiene en su cintura. Janie está incómoda, muy incómoda.
—Feliz cumpleaños —dice él en voz baja, demasiado cerca de su oreja.
Ella intenta disimular un escalofrío, intenta respirar con normalidad. «¡Aguanta, Hannagan!», se ordena.

El señor Durbin se aparta y la ayuda a recoger la mesa.
Janie quiere escapar. Sabe que debería mantenerse tranquila pero se escabulle a la primera oportunidad razonable. Una cosa era hablar de lo que podría suceder y otra muy diferente que sucediera. Se estremece y se obliga a caminar despacio, y a reflexionar sobre lo ocurrido.
De camino al aparcamiento advierte que se ha dejado la maldita mochila sobre la maldita mesa del laboratorio.
Sus llaves están en esa mochila.
Y ya han cerrado la secretaría.
Y no tiene un puñetero móvil. «Buenasss, aquí el 2006. Llamo para comunicarte que eres una pringada».

De todas formas vuelve atrás, aunque se sienta una completa imbécil. Se encuentra al señor Durbin en el pasillo, cargando con la mochila.

—Supuse que nos encontraríamos por el camino —explica él.

Janie piensa a toda prisa. Ya sabe lo que debe hacer. Forcejea para ignorar el factor miedo.

—Gracias, señor Durbin. Es usted el mejor —dice y, sonriendo con timidez y un punto de coquetería, le da un pellizquito en el brazo. Luego se vuelve y se dirige a la salida dando zancadas, muy consciente de lo que él está mirando.

Antes de doblar la esquina vuelve fugazmente la cabeza. Él sigue allí, contemplándola, cruzado de brazos. Janie lo saluda con la mano y desaparece.

No piensa contárselo a Cabel.

Se disgustaría.

En cuanto llega a casa marca el teléfono de la comisaria, el de su móvil, para contarle su presentimiento.

—Buen trabajo, Janie —la felicita Komisky—, tienes un talento innato. ¿Estás bien?

—Creo que sí.

—¿Podrás seguir con esto un poco más?

—Sí… sí, seguro que puedo.

—Estupendo. Pues concretemos los detalles. ¿Vais a celebrar un concurso de Química o algo así? ¿Algún concurso estatal entre institutos al que Fieldridge envíe un equipo? ¿Algo parecido?

—No lo sé, pero creo que sí. Debe de haberlo. De Matemáticas hay uno, desde luego.

—Averígualo. Si lo hay y el tal Durbin piensa asistir, quiero que te apuntes. Te pagaremos, por eso no te preocupes. No se me ocurre ninguna otra manera de que puedas entrar en los sueños de ese profesor o de sus alumnas. ¿Y a ti?

—No, señora. Quiero decir que sí, que me apuntaré —acepta Janie, aunque suspira al recordar el viaje en autobús a Stratford.

—¿Has mirado ya los informes de Martha?

—Un poco.

—¿Quieres preguntarme algo?

Janie duda, pero recuerda las palabras que la señora Stubin le dijo en el sueño.

—No, todavía no.

—De acuerdo. Ah, Janie…

—¿Sí?

—Me estás llamando desde tu casa. ¿No te he dado todavía un maldito móvil?

—Pues no.

—Bueno, pues te lo daré y, de ahora en adelante, quiero que no te separes de él, ¿entendido? Pásate por aquí mañana al salir de clase; lo tendré preparado. Y, si no lo has hecho aún, cuéntale a Cabel lo de ese tipo. No quiero que te enfrentes a esto tú sola, ya me agobia bastante que ese psicópata puede acosar a otras escolares; solo faltaría que te pasara algo a ti.

—Sí, señora.

—Una cosa más.

—¿Sí?

Hay una pausa.

—Feliz cumpleaños. Aquí sobre mi escritorio tengo un regalito para ti. Mañana, si no estoy cuando vengas, llévatelo también; lo dejaré junto al móvil.

Janie se queda sin palabras.

Traga saliva.

—¿Entendido? —pregunta Komisky.

Janie parpadea para no echarse a llorar.

—Sí, señora.

—Perfecto —en la voz de la mujer se escucha una sonrisa.

Janie no llega a casa de Cabel hasta bastante después de las seis. Mientras agita las llaves para buscar la adecuada, él abre la puerta. Janie lo mira y sonríe.

—¡Hola!

—¿Dónde estabas?

—Perdona. Han pasado muchas cosas —responde quitándose el abrigo y las botas.

—¿Qué cosas?

Janie olfatea el aire.

—¿Qué estás cocinando?

—Pollo. ¿Qué cosas?

—Bueno, ya sabes, llegué tarde a clase y todo me salió mal y demás. ¿Nunca has tenido un mal día?

Cabel se acerca al horno para darle la vuelta al pollo.

—Claro, prácticamente todos los del último semestre fueron malos, ya sabes, todos esos en los que no me hablabas. Cuéntame qué ha pasado.

Janie suspira.

—Me explotó el vaso de precipitados, en la tercera hora, con Durbin. Tuve que quedarme después de clase para repetir el experimento.

Cabel la mira, con las pinzas de cocina en la mano.

—¿El tipo del supermercado?

Ella asiente.

—¿Y?

—Y... puede ser el que estamos buscando. He llamado a Komisky.

Cabel deja las pinzas sobre la encimera, con bastante fuerza.

—¿Por qué piensas que puede ser él?

—Me tocó... y fue raro —responde Janie a toda prisa, tras lo cual da media vuelta y se dirige al baño.

Pero Cabel le pisa los talones, y no se puede cerrar la puerta del baño con el pie de Cabel entre la hoja y el marco.

—¿Dónde? —grita él.

Janie se encoge, suelta un chillidito, suspira, se recompone y le lanza una mirada asesina.

—¡Ya está bien, Cabel! ¡Si no eres capaz de llevar esto sin tocarme las narices, solo conseguirás que no te cuente nada!

Él la escucha.

Desorbita los ojos.

—Ay, cariño —susurra echándose atrás y palideciendo. Vuelve lentamente a la cocina y se inclina sobre la encimera. Hunde la cabeza entre las manos; el cabello le cubre los dedos.

La puerta del baño se cierra.

Cabel se aparta el pelo de la cara y, por fin, frustrado, decide llamar también a Komisky.

—¿De qué va todo esto, comisaria?

Su pregunta no obtiene respuesta, así que añade:

—Janie dice que la tocó. Solo he podido sacarle eso.

Asiente.

Se tira del pelo.

—Sí, señora.

Escucha atentamente.

Le cambia la cara.

—¿Cómo dice?

Y después:

—¡La madre que me...! —masculla—. ¿En serio? —cierra los ojos—. ¡Para matarme! No sabía nada.

Cuelga el teléfono.

Lo deja en la mesa.

Se dirige al baño.

Apoya la frente en la puerta.

—Janie —dice—, lo siento mucho. No soportaba la idea de que el tipejo ese te hubiera tocado. No volveré a perder así los nervios nunca más, te lo prometo.

Espera. Escucha.

—Janie —repite.

Empieza a preocuparse.

—Janie, por favor, dime solo si estás bien. Dime algo, por favor, solo para saber si estás bien…

—Estoy bien.

—¿No podrías salir?

—¿Vas a dejar de gritarme?

—Sí. Lo siento mucho.

—Me estabas volviendo loca —dice Janie al salir— y, además, me dabas miedo.

Cabel asiente.

—No vuelvas a hacerlo, ¿vale?

—Vale.

19:45

En la cocina, Cabel reduce al mínimo el fuego del pollo para intentar salvarlo. Janie está en la sala de ordenadores, escribiendo sus notas.

Cabel entra en la habitación y se sienta enfrente de ella, delante del ordenador libre. Navega un poco, teclea un poco, pulsa «Enviar». El ordenador de Janie emite un tintineo; cuando acaba de escribir las notas, mira el nuevo *mail*.

Es una felicitación.

Sencilla y bonita.

```
Te quiero y lo siento, y soy gilipollas.
Feliz cumpleaños.
Besos,
Cabe
```

Janie baja la mirada hacia las teclas, ordena sus pensamientos y redacta la respuesta.

Querido Cabe:
Gracias por la felicitación.
Significa mucho para mí.
Llevaba nueve años sin recibir una, y acabo de darme cuenta de que eso es la mitad de mi vida. Yo también siento ser gilipollas. Sé que te saca de quicio que no me cuide… Por eso estabas enfadado el otro día, ¿verdad? Intentaré trabajar más con los sueños, para que no me confundan tanto, y desde hoy llevaré las provisiones en mi mochila (nada de coches). Si hubiera hecho eso desde el principio, te habría ahorrado muchas preocupaciones.
La cuestión es que me encanta que estés ahí para ayudarme. Contigo siento que hay alguien a quien le importo, ¿sabes? Así que lo mismo he sido descuidada a propósito, precisamente para que te preocuparas. ¡Es increíble, menuda idiota! Te aseguro que de hoy en adelante eso va a cambiar.
De todas formas… ¿por qué te agobias tanto por este caso?
Yo lo único que sé es que te echo de menos. Mucho.

Besos,
J.

Janie lo relee y lo envía.
El ordenador de Cabel tintinea.
El chico lo lee y contesta:

Querida J.:
Tengo que explicarte algo.

Después de prenderme fuego… mi padre murió en la cárcel, mientras yo aún estaba en el hospital con los injertos de piel y demás. Por lo tanto, nunca tuve ocasión de reprocharle lo que me había hecho, y no solo físicamente, sino por dentro, ¿sabes? Así que durante un tiempo me desquité con otras cosas.

Ahora estoy, y soy, mejor. Con ayuda mejoré de verdad, pero estoy muy lejos de ser perfecto, y aún tengo que luchar para mantener mi mejoría, por así decir. El caso es que tú… Tú eres la única persona que me importa de verdad, y respecto a eso soy muy egoísta. No quiero que te toque nadie más ni quiero que corras ningún peligro. Por eso odio este caso. No soportaría que te hicieran daño ni verte tan confundida como estuve yo; supongo que por miedo a perderte.

Me gustaría que siempre estuvieras a salvo. Me preocupo un montón por ti. Si no fueras tan cabezona respecto a la independencia… pero, en fin. Aunque hemos pasado mucho en los últimos meses, no nos conocemos bien, ¿no crees? Me gustaría que eso cambiara, ¿a ti no? Quiero conocerte mejor, saber lo que te gusta y lo que temes, y que tú sepas lo mismo de mí.

Te quiero.

Intentaré no hacerte daño nunca más.

Sé que soy un neuras, pero seguiré intentando mejorar a tu lado mientras tú me dejes.

Besos,

Cabe

Enviar.

Tras leerlo, Janie traga saliva a duras penas y se vuelve hacia él.

—Sí, yo quiero lo mismo que tú —dice, después de lo cual se levanta para sentarse sobre sus muslos y rodearle el cuello con los brazos. Él la abraza por la cintura y cierra los ojos.

10 de enero de 2006, 16:00

Janie entra en la comisaría, pasa por el detector de metales y sube las escaleras.

—¿Qué hay, chica nueva? —dice un treintañero cuando la ve llamar al despacho de Komisky—. ¿Hannagan, no? La comisaria ha dicho que entres y recojas unas cosas que te ha dejado. Yo soy Jason Baker, trabajé con Cabel en el asunto de las drogas.

Janie sonríe.

—Encantada de conocerte —dice dándole la mano—. Gracias —añade abriendo la puerta del despacho. En una esquina del escritorio está el más diminuto teléfono móvil que ha visto en su vida y, al lado, una caja de tamaño mediano y un sobre. La caja está adornada con un lazo. Janie sonríe, recoge los objetos y sale del despacho. Cuando llega a su coche, contempla la caja y el sobre, disfrutándolos.

Por fin, decide abrirlos en casa.

16:35

En cuanto se sienta en su cama, lo primero que abre es el sobre. Es una tarjeta de felicitación bastante clásica cuyo único rasgo personal estriba en la firma: «Fran Komisky». Dentro hay un cheque regalo para un curso de autodefensa en el gimnasio Artes Marciales Mario. ¡Genial!

La caja contiene toda una serie de caprichos que Janie jamás se habría permitido: velas relajantes, aceites para el estrés, sales de baño y una plétora de lociones aromáticas en frasquitos minúsculos y deliciosos. A Janie se le escapa un chillido. Es el mejor regalo de su vida.

Llama al gimnasio y se apunta a un curso que empieza al día siguiente, después consulta la guía en busca de ópticas. Pide cita en una que abre por las tardes. La recepcionista le dice que hay una cancelación a las cinco y media, y que si le viene bien.

Estupendamente.

Luego recoge los ahorros de la universidad.

Una hora después sale de la óptica con cuatrocientos dólares menos y unas gafas molonas y *sexys*. Le encantan.

Y, encima, ve.

Ahora se da cuenta de lo mal que veía antes.

La diferencia es increíble.

Va derechita a casa de Cabel, porque no puede quedarse mucho. Llama a la puerta principal, que Cabe abre toalla en mano, secándose el pelo. Janie le sonríe de oreja a oreja.

Él la observa boquiabierto.

—¡Dios bendito! Pasa —dice tirando de ella hacia el interior y cerrando de un portazo—. ¡Qué bien te sientan!

—Gracias —responde Janie poniéndose inconscientemente de puntillas una y otra vez—. Además, tienen otra ventaja.

—A ver si lo adivino… que ves.

—¿Cómo lo has sabido?

—Pura chiripa.

—¡Oye, vamos a cambiárnoslas!

Cabe sonríe con malicia, pero se quita las suyas y se las da. Janie hace lo propio y se pone las de Cabe, que la mira divertido.

—¡Madre mía! ¡Qué asco de ojos tienes! —exclama Janie.

—No —replica él—. Esos son los tuyos. Mis gafas apenas tienen graduación…

Janie se las quita y se las devuelve apretándoselas juguetonamente contra el pecho.

—¡Mira que eres capullo! Tú no necesitas gafas, ¿a que no?

Cabe la agarra por la cintura y la atrae hacia sí.

—Eran parte de mi imagen —admite riéndose—, y acabé por acostumbrarme a ellas. Me gustaban, así que seguí poniéndomelas. Me hacen *sexy*, ¿no crees? —dice, y le planta un beso en la coronilla.

—¡Qué bien hueles! —exclama Janie estrechándolo entre sus brazos—. ¡Oh! Mira —añade sacándose el móvil del bolsillo—. No tengo ni idea de cómo funciona, pero a ¿que es una monería?

Cabel se lo coge y lo examina. A fondo.

—Este teléfono —dice por fin muy serio—, este teléfono es el que yo quiero.

Ella se ríe.

—Pues es mío.

—Janie, me temo que no lo entiendes. Lo quiero.

—Pues te aguantas.

—Dispone de identificador de llamadas; internet; video, cámara y grabadora digitales. ¡Lo más de lo más!... Me estoy poniendo de un calentito…

—¿Ah, sí? —pregunta Janie con voz grave e insinuante—. ¿Quieres jugar con mi móvil, pequeño?

Él la mira con ojos ardientes.

—¡Pues más bien sí! —contesta. Luego le acaricia el cabello, desliza las manos hasta metérselas en los bolsillos traseros de los pantalones y se inclina para besarla.

Las gafas de ambos chocan.

—Mierda —rezongan a la par, riéndose.

—De todas maneras no puedo quedarme —añade Janie—, y encima he aparcado en tu camino de entrada.

—Espera un segundo, ¿vale? —Cabel se marcha y vuelve un momento después—. Toma —dice entregándole una cajita—, es para ti. Por tu cumple.

Janie se queda boquiabierta. Siente algo muy extraño al tener que abrirla delante de él. Se humedece los labios y examina con gran atención la caja y la cinta que la rodea.

—Gracias —dice bajito.

—Err… —Cabel se aclara la garganta—, la verdad es que el regalo está dentro, ¿sabes?, la caja es solo una especie de regalito de propina. Aquí en el planeta Tierra somos así de raros.

Janie sonríe.

—Es que quiero disfrutar de la caja… y del hecho de que me hayas comprado algo. No tenías por qué hacerlo, Cabe.

—Solo ha faltado que me dijeras que tu cumpleaños era ayer, así habría podido dártelo en su día.

—Sí —responde Janie con un suspiro—, pero así soy yo; me gusta compadecerme de año en año. Debería habértelo dicho. ¿Cuándo es el tuyo?

—El veinticinco de noviembre.

Janie le mira a los ojos.

—El fin de semana de Acción de Gracias.

—Así es. Tú estabas con el asunto de los sueños, y no nos llevábamos precisamente bien.

—Debió de ser un fin de semana asqueroso.

Cabe guarda silencio un instante antes de decir:

—Ábrelo, Janie.

Ella quita la cinta.

Abre la caja. Hay un diamante muy pequeño, un diamante que cuelga de una cadena de plata y que, al recibir la luz, esplende.

Janie profiere un gritito ahogado y se echa a llorar.

LOS PROS Y LOS CONTRAS

26 de enero de 2006, 09:55

Cuando Janie está a punto de salir de la segunda clase de la mañana, el señor Wang le pregunta:

—¿Puedes quedarte un minuto, Janie?

—Claro.

El profesor espera a que la clase se vacíe para decir:

—Solo quería felicitarte por tu trabajo. Tienes un talento especial para la psicología, y tu primer examen ha sido brillante.

Janie sonríe, un poco asombrada.

—Gracias.

—¿Has considerado la posibilidad de estudiar Psicología?

—Bueno… sí, de vez en cuando, pero todavía no estoy segura de la carrera que cursaré.

—Luego… ¿piensas estudiar una carrera? —la voz de Wang tiene un dejo de incredulidad—. ¿Con becas?

Janie parpadea al sentir el desdén, al sentirse pobre, como si por no vivir en la zona rica de la ciudad se esperara menos de ella.

—¡Pos ya me gustaría, ya! —responde dando a su voz un tono nasal e ingenuo—, pero el pequeño Earl está en camino y mi ma no pue quedarse sola en la caravana, ¿sabe usté? Tendría que encontrar a papá Earl p'agenciarme un poco pasta, ¿sabe usté?

El señor Wang la mira con unos ojos como platos.

Janie da media vuelta y sale de clase a toda prisa: llega tarde a Química.

—Perdón —le dice al señor Durbin al sentarse a su mesa del fondo del laboratorio. Los demás ya están trabajando. Janie copia las ecuaciones de la pizarra. Sigue asombrándola lo bien que ve.

Se inclina sobre su mesa y garrapatea los números en una hoja de cuaderno. Luego completa la fórmula y la comprueba por duplicado. El señor Durbin recorre el aula lentamente, dando indicaciones y bromeando.

De vez en cuando Janie levanta la mirada para observar su lenguaje corporal y su forma de relacionarse con los alumnos, sobre todo con las chicas. Como no ha dicho ni hecho nada inapropiado desde el pequeño incidente ocurrido unas semanas antes, Janie empieza a cuestionarse su primera impresión. ¿Pasó realmente, o se sentía tan mal consigo misma aquel día que solo fueron imaginaciones suyas?

Desde luego, es un profesor fantástico.

Sí, y ahora se detiene junto a su mesa y observa su trabajo.

—Tiene buena pinta, Hannagan —dice en voz baja, pero en realidad no está mirando el preparado, que hierve alegremente sobre el quemador.

Le está mirando el escote.

Al acabar la clase, la llama cuando ella se dirige a la puerta.

—¿Tienes un papelito para mí? —le pregunta.

Janie se queda desconcertada.

—¿Un qué?

—Un justificante.

—¿De qué?

—De tu retraso. Has llegado tarde.

Janie se da un manotazo en la frente.

—¡Huy! Hum… No, no lo tengo, pero el señor Wang me entretuvo al salir de la clase anterior. Él responderá por mí.

—El señor Wang, ¿eh?

—Sí.

—Espera un momento mientras hablo con él.

—Pero…

—Tranquila, te daré una nota para tu próxima clase —dice el profesor marcando el teléfono del aula del señor Wang.

Este parece confirmar la versión de Janie. El timbre que señala el principio de la clase siguiente suena. El señor Wang dice algo más y el señor Durbin suelta unas risitas.

—Así es —corrobora, y escucha de nuevo—. Ya te digo —añade mirando a Janie de reojo. Mientras cuelga, sus ojos se detienen otra vez en el pecho de su alumna.

—Muy bien —dice sonriendo—, te ha sacado del atolladero. Cuéntame, ¿quién es el padre de la criatura?

Janie sonríe avergonzada.

—Ha sido una broma —dice y se humedece los labios—. Gracias. ¿Puede escribirme la nota?

—Claro —contesta él, y escribe sin prisas sobre una hoja de papel reciclado. Luego deja la nota donde la ha escrito, para que Janie tenga que acercarse a recogerla—. ¿Qué te parece? —pregunta sonriendo.

Janie mira el papel.

—¿Quiere que lo lea?

Él asiente y escribe una segunda nota:

—Y esta es para tu profesor.

Janie la recoge también.

—Ah, vale. Er…

—La primera te informa sobre una pequeña fiesta que doy cada semestre en mi casa, solo para alumnos de Química 2. ¿Sería posible que hicieras unas invitaciones para repartirlas entre tus compañeros?

Janie mira el papel.

—Claro, con mucho gusto.

—Tienes pinta de manejar bien el ordenador, ya sabes —comenta risueño agitando los dedos—, de ser ducha en informática.

—Eso es por mis gafas de empollona —dice ella alegremente.

—Las gafas te están de maravilla, Janie. ¿A que ves mejor?

—Sí, veo genial. Gracias por el interés —contesta sonriendo—. Creo que... debería irme ya. ¿No tiene usted clase a esta hora?

—No, es mi hora libre.

—Ah, qué bien. Quería preguntarle una cosa... ¿Lleva a sus alumnos a alguna feria o competición de Química?

El señor Durbin tamborilea con los dedos sobre la mesa.

—Este año no iba a hacerlo, porque se celebra lejos, en Houghton, en la Universidad Tecnológica de Michigan, pero eres la tercera persona que me lo pregunta. ¿Te interesaría que formara un equipo? Tendríamos que correr mucho: la feria es el mes que viene.

Los ojos de Janie se iluminan.

—¡Oh, sí, me encantaría ir!

—El viaje en coche se hace eterno. Y habrá que reservar habitaciones en algún hotel. ¿Sería viable? No creo que haya ninguna beca disponible.

Janie sonríe.

—Puedo conseguir doscientos dólares.

El señor Durbin la observa.

—Creo que podría ser una gran experiencia —dice, en voz baja y lenta.

Janie asiente.

—Claro, estupenda. Ya me dirá. Le daré pronto las invitaciones. ¿Diez copias?

—No hay prisa, la fiesta es a primeros de marzo. Sí, diez copias estarían muy bien, pero casi mejor doce, por si Finch pierde la suya, como todo lo demás. Gracias, Janie.

—Por usted lo que sea —responde ella sonrojándose—. Vamos que... ya sabe... —se ríe y menea la cabeza como avergonzada—. No me haga caso.

—No pasa nada, Janie. Hasta mañana —dice el profesor, sonriéndole a su escote.

14:05

Janie se sienta a su mesa y saca el móvil de la mochila con disimulo. Lo enciende y envía a Cabel un mensaje de texto: «¿Podrías conseguir las listas de Química 2 del pasado semestre?».

Poco después llega la respuesta: «Claro. ¿Nos vemos a las cuatro?».

Al inclinarse hacia delante, Janie lo ve. Él le guiña un ojo y ella sonríe y asiente.

15:15

Janie llama a Komisky.

—He convencido a Durbin para que lleve un grupo a la feria de Química. Es el mes que viene, en el quinto pino, en Houghton.

—Excelente trabajo, Janie. Como tendrá que llevar una carabina, estarás a salvo.

—Además, va a dar una fiesta en su casa para los alumnos de Química 2. Creo que la da todos los años en marzo y noviembre.

La comisaria hace una pausa para mirar sus notas.

—¡Bingo! La primera llamada fue el cinco de marzo, la segunda a principios de noviembre. Creo que hemos dado con algo interesante, Janie. Buen trabajo.

Janie cuelga, dominada por la excitación nerviosa.

«Esto es demasiado raro», piensa.

16:00

En casa de Cabel, anota con más detalle la conversación mantenida con Durbin (de la que ya había tomado notas al llegar a su siguiente clase). Cabel se contiene para no enfadarse, tal como le había prometido.

Ha conseguido la lista del semestre anterior, así como la de la primavera pasada.

—Bien pensado, Cabe.

—Mañana les seguiré la pista a las chicas de esos periodos para ver dónde tienen clase.

—Genial.

Janie imprime una invitación para la fiesta. Se iba a celebrar el sábado cuatro de marzo. Hace catorce copias más y le entrega dos a Cabel.

—Una para ti y otra para la comisaria.

—No sabes lo que me gustaría estar allí…

—Pero estarás cerca, ¿no?

—Demonios, pues claro.

Janie se levanta y le da un abrazo.

—Tengo que irme.

Él la mira con nostalgia.

—¿Tengo que preocuparme por que lleves tres semanas sin pasar la noche aquí?

—¿Qué te parece si me quedo mañana por la noche?

Cabel sonríe y exige:

—Y el sábado.

—Vale. ¿No tienes «cosas» que hacer?

—Este finde no.

—Pues hecho.

—Genial. Hasta mañana —dice él acercándose para besarla. Después Janie se va a toda prisa, corriendo sobre la nieve.

18:37

Janie, consciente del interés de Komisky, retoma los archivos de la señora Stubin. Ya hace más de un mes que la comisaria se los dio, pero son muy interesantes y está aprendiendo mucho. Cómo obtener información de un sueño, cómo saber qué buscar en cada uno de ellos… La señora Stubin era capaz de pausarlos y de obtener panorámicas, como si fuese una cámara, y de ver cosas situadas a su espalda. Algunas veces hablaba de rebobinar lo soñado para verlo por segunda vez. Janie no es capaz de hacer nada de eso aún, pero lo intenta en todas las horas de estudio. Quizá ese fin de semana pueda practicar con Cabel.

22:06

Está acabando el último archivo y se frota las sienes mientras lee. Le duele la cabeza. Se toma una excedrina y vuelve a la lectura.

Está fascinada, cautivada, y no deja de preparar su lista de preguntas para formularle a la anciana en el próximo sueño.

Por fin cierra el archivo y lo deja con los demás. Ya solo le faltan unos cuantos papeles sueltos y un cuaderno verde de espiral.

Mira los papeles, son notas garrapateadas con una escritura ilegible (los otros archivos estaban mecanografiados, por suerte). La señora Stubin debió de escribirlas después de jubilarse y quedarse ciega.

Janie las deja aparte y abre el cuaderno verde.

Lee la primera línea. La escritura es desgarbada pero legible, mucho más que la de las notas. Parece el título de un libro:

El viaje hacia la luz
de Martha Stubin

Debajo hay una dedicatoria:

Dedico estas líneas a los cazadores de sueños, en especial a los que sigan mis pasos cuando yo me haya ido.

La información que deseo compartir consta de dos aspectos: el amable y el aterrador. Si no deseas saber lo que te espera, cierra este cuaderno. No vuelvas esta página.

Pero si tienes valor para combatir la parte negativa, más vale que la conozcas. Por otra parte, te obsesionará de por vida. Por favor, considera este asunto con la mayor seriedad. Lo que estás a punto de leer contiene mucho más de aterrador que de amable.

Siento no poder tomar la decisión por ti. Debes hacerlo tú. Por favor, no la dejes en manos de nadie más. Lo destrozarías.

Decidas lo que decidas, te queda por delante un camino muy duro. Piénsalo bien, pero ten confianza en tu decisión, sea cual sea.

Buena suerte, amigo o amiga.

Martha Stubin, cazadora de sueños.

Janie siente un nudo en la boca del estómago.
Empuja el cuaderno sin mirar, para quitárselo del regazo.
Lo cierra.
Le cuesta tomar aire; continúa mirando la pared.
Hunde la cabeza entre las manos.

Después recoge el cuaderno, lo mete en la caja, lo tapa con los archivos y esconde la caja al fondo del armario.

03:33

Se precipita al vacío. Cuando mira abajo ve que el señor Durbin la espera con los brazos extendidos, sonriendo malignamente.

Antes de que consiga agarrarla, Janie se desvía hacia un lado y es absorbida por la calle Center, cuyo viento la lleva hacia el banco de madera y la deposita en él. El profesor ha desaparecido.

Al lado del banco, en su silla de ruedas, está Martha Stubin.

—Tienes preguntas que hacerme —espeta la anciana.

Janie, asustada, intenta recobrar el aliento. Se aferra al brazo del banco.

—¿Qué pasa? —pregunta a voces.

La señora Stubin la mira sin verla. Del lagrimal de su ojo derecho brota una lágrima de sangre que se desliza lentamente por su arrugada mejilla. Lo único que dice es:

—Vamos a hablar de tu trabajo.

—Pero ¿qué pasa con el cuaderno verde? —Janie está histérica.

—No hay ningún cuaderno verde.

—Pero... ¡señora Stubin!

Esta vuelve el rostro hacia Janie y profiere una risa burlona.

Janie la mira.

Y…

la señora Stubin se transforma en el profesor Durbin,
cuya cara se derrite hasta convertirse en una calavera.

Janie jadea y se despierta gritando, cubierta de sudor
frío.

Se quita de encima las mantas, se levanta de un salto, enciende la luz y camina de la cama a la puerta para calmarse.
—No era real —se dice—. Esa no era Martha Stubin.
Solo ha sido una pesadilla. Nada más que una pesadilla.
Ni siquiera intentaba ir a esa calle.
Pero le da miedo volverse a dormir.
Le da miedo regresar a la calle Center.

27 de enero de 2006

La mente de Janie está muy lejos, o dentro de un cuaderno verde o en el interior de su última pesadilla. Como
va tan abstraída por los pasillos del instituto, está a punto
de tropezar con Carrie entre las clases de Corta y Doc.
—Hola, Janie, ¿nos vemos esta noche?
—Claro… Hum, es que… No, no puedo, lo siento.
Carrie la mira de una forma muy rara.
—¿Te pasa algo? No irás a caerte redonda, ¿no?
Janie se sacude las telarañas cerebrales y sonríe.
—Perdona. No, no me pasa nada. Es que estaba distraída. Pensando en universidades y demás. Tengo un
montón de trabajo y mi casa está hecha un asco y me duele la cabeza…

—Vale. Es que pensaba que te gustaría enterarte de los últimos cotilleos —dice Carrie. Parece alicaída. Ya solo busca a Janie cuando a Stu le toca jugar al póquer, y aunque a aquella no le importa servir de repuesto, está demasiado ocupada para tener a Carrie pegada a los talones.

—¿Por qué no quedas con Melinda?

—Gracias —responde Carrie mosqueada—, no hace falta que me busques compañía, sé entretenerme sola. Hasta luego.

Janie parpadea.

—Como quieras —farfulla, tras lo cual entra en el aula del señor Wang. Aunque el profesor finge mirar el papel que sostiene en las manos, observa la entrada de Janie, que le sonríe de forma automática. Cuando él no le devuelve la sonrisa ni aparta la mirada, Janie le guiña un ojo.

Eso lo consigue.

El profesor baja la vista, se sonroja y se sienta de golpe.

A tercera hora le toca clase con el señor Durbin. Janie espera hasta el final para darle las invitaciones de la fiesta. Recoge sus cosas despacio, a fin de que salgan todos los demás. Por el rabillo del ojo ve que el profesor la vigila.

Saca las invitaciones y se apresura a llevárselas al escritorio, como si no quisiera llegar tarde a su siguiente clase.

—¿Le parece bien así? —pregunta.

Él las mira y profiere un silbido de aprobación.

—Ya lo creo —dice. Luego se vuelve hacia ella y arquea las cejas—. Me encantan —añade mirándola fijamente.

Janie se inclina un poco sobre el escritorio.

—Pues si necesita algunas más —contesta—, se las haré con mucho gusto.

El profesor traga saliva.

—Gracias.

Janie sonríe.

—Tengo que irme.

—Solo una cosa —dice él—, tengo autorización para formar un grupo de siete alumnos y acudir a la feria. Será el veinte de febrero. Nos iremos el domingo diecinueve a mediodía, pasaremos allí la noche, acudiremos a la feria y saldremos hacia aquí a las seis de la tarde del lunes, así que solo perderemos un día de clase. Aquí tienes la información y el permiso para que lo firmen tus padres. El coste es de doscientos veinte dólares, más el dinero de las comidas. ¿Te apuntas, entonces?

Janie sonríe.

—Me apunto —contesta. Después recoge los papeles que le ofrece el señor Durbin y sale disparada en dirección a su siguiente clase, mirando mientras corre la lista de alumnos del equipo. Janie es la única que va de su clase.

«Perfecto», piensa.

Lelo, Loca y Lerdo están como de costumbre. Aunque desde que Cabel se empeñó en ponerla en forma, a Janie le gusta la Educación física, sigue sin tragar a Lerdo. También le gustan las clases de autodefensa que da dos veces por semana. A veces Cabel la deja practicar con él.

Aunque pocas.

Sobre todo desde que lo lanzó al suelo de culo.

La Educación física vuelve a ser mixta, y a Crater el Lerdo le encanta poner a Janie como ejemplo de por qué los chicos no deben jugar con las chicas en los deportes de contacto; y total porque, en un partido de baloncesto del último semestre, Janie le arreó a Cabel un golpe en los... webs. Aposta.

Hoy, que Lerdo los obliga a hacer las pruebas de esfuerzo que exige el Estado, Janie consigue el récord femenino de flexiones de brazos en la barra fija. Lerdo advierte lo musculosos que tiene los brazos y los hombros y, mientras está allí arriba colgada de la barra, la llama «monada». Janie pone los ojos en blanco y desea tenerlo justo enfrente, preferiblemente en una calle oscura y desierta, para enseñarle un par de monerías.

El aula de estudio está muy tranquila. Janie solo es absorbida por un sueño, y es uno muy débil. No se trata de ninguna pesadilla. Cuando advierte que es una fantasía sexual entre dos chicos que no tiene el menor interés en ver desnudos, sale a toda prisa y con gran facilidad.

Sonríe orgullosa.

Como ve que Cabel la está observando, le dedica una sonrisa y los pulgares en alto. Él le devuelve la sonrisa.

Al acabar los deberes, escribe unas notas sobre Durbin y Wang.

Corrección: sobre Feliz y Doc.

Después se queda allí sentada, mirando al vacío y pensando en Martha Stubin y el cuaderno verde, experimentando una sensación bastante... en fin... aterradora.

De camino a casa entra al supermercado y compra algo de comida, sobre todo por que su madre no se muera de hambre, y unos objetos para el fin de semana. Ya en casa mete en una bolsa de aseo el cepillo de dientes, el champú, y los aceites y las velas, que le obsequió la comisaria. Luego guarda la bolsa en la mochila y se dirige a casa de Cabel, tras dejarle a su madre una nota para decirle dónde puede encontrarla si la necesita.

Después de hacer ejercicio, se duchan y se sientan en el sofá para comentar lo sucedido durante el día, pero a Janie le cuesta concentrarse: cada vez piensa más en el cuaderno verde y en la misión que les han encomendado.

Cabel se da cuenta.

—¿Dónde estás? —le pregunta al cabo de un rato.

Janie se sobresalta y le sonríe.

—Lo siento, cielo... Aquí.

Pero no es verdad, no está allí. Sigue dándole vueltas al sueño Durbin-Stubin, aunque cada vez está más convencida de que había sido una pesadilla, no una visita de la anciana.

Cabel guarda silencio, la mira a la cara y carraspea.

Janie lo ve de repente, ve de pronto al chico con el que quiere estar; y va a pasar todo el fin de semana con él. Se quita a empellones cualquier otra cosa de la cabeza y le sonríe.

—Ups, me había ido otra vez.

Cabel la mira haciéndose el ofendido.

—Qué poco caso me hacen por aquí últimamente —se queja.

Janie le acaricia la mejilla y le besa en la boca, recorriendo sus dientes con una lengua juguetona hasta que la de él se rinde al juego.

Una oleada de algo —¿de amor?— hace que a Janie le cosquillee la piel, pero también se amedrenta cuando piensa en el futuro, en esa maldición de los sueños que siempre se cernirá sobre ella. Nunca había pensado en tener pareja. Nunca había imaginado que habría alguien dispuesto a lidiar con sus estrambóticos problemas. Se pregunta sin querer cuánto estará dispuesto a aguantar Cabel antes de cansarse de todo y mandarla a freír espárragos.

Desesperada, aparta de sí aquel pensamiento y trata de sentir tan solo el calor del cuello de Cabel contra los labios.

Le tira de la camiseta y desliza sus temblorosas manos por debajo para explorar de nuevo su irregular piel, las cicatrices de su vientre y de su pecho. Sabe que él siente a veces lo mismo que ella: que nadie quiere compartir sus problemas. «Es posible que duremos un montón», piensa, «¿por qué no? Inadaptados y unidos».

Las manos de Cabel trazan un lento camino entre sus hombros y sus caderas mientras se besan. Después se quita la camiseta y abraza a Janie.

—Esto está algo mejor —le susurra al oído.

—¿Solo algo?

Cuando la penumbra del anochecer cubre la habitación, Janie desabrocha poco a poco los botones de su blusa y la deja caer al suelo.

Cabel se queda quieto, observándola, sin saber qué hacer. Cierra los ojos un instante y traga saliva con dificultad.

Janie se lleva las manos a la espalda para desabrocharse el sujetador. Después vuelve la cara lentamente hacia su compañero.

—¿Cabel? —dice mirándolo a los ojos.

—¿Qué? —pregunta él en un susurro casi inaudible.

—Quiero que me toques —le contesta, tomando su mano para guiarle—, ¿vale?

—Sí.

Luego se saca un preservativo recién comprado del bolsillo, lo deja sobre el vientre del chico y le desabrocha los vaqueros.

Cabel se queda un momento mudo, indefenso, incapaz de sentir nada salvo el deseo. Después, con suspiros entrecortados, toca su piel, sus senos, sus caderas. Mientras la oscuridad gana terreno, se besan como si sus vidas dependieran de ese aliento compartido y, con urgencia, por primera vez, se aman con los ojos y los cuerpos, como si aquella fuese la última oportunidad de sus vidas.

Por la noche, mientras yacen juntos en la cama, Janie se da cuenta de que ha llegado el momento. Antes de leer el cuaderno verde, antes de que pase lo que tenga que pasar, necesita decir lo que siente, porque Cabel es la única persona que le importa.

Practica mentalmente.

Forma las palabras con los labios.

Después las pronuncia en voz alta:

—Te quiero, Cabe.

Al no obtener respuesta, se pregunta si Cabel se habrá dormido, pero en ese instante él hunde la cabeza en su cuello con infinita ternura.

1 de febrero de 2006

Janie se pasa la semana intercambiando indirectas sexuales con el señor Durbin, cruzando miradas equívocas con el señor Wang y haciendo bromas maliciosas con el señor Crater.

Cabel sigue averiguando el paradero de las alumnas del anterior semestre de Química 2. Trabaja sin parar entre bambalinas, sin comentar gran cosa al respecto y tratando de controlar la inquietud que le provoca que el tal Durbin ronde a la chica que ama. Es muy consciente de que cualquier comentario no hará sino aumentar la tensión entre ellos.

—Entonces —dice con precauciones—, vais siete alumnos más Durbin. ¿Y quién va de carabina?

Janie levanta la mirada del libro de Química.

—La señorita Pancake.

Cabel lo anota en su cuaderno.

—Cuatro chicas. ¿Compartiréis habitación?

—No —contesta Janie—, yo dormiré con Durbin.

—Ja, ja —refunfuña Cabel. Después le quita el libro, le acaricia el cabello y la besa—. Te estás buscando un lío, Hannagan.

—¿Y tú eres…? —pregunta Janie entre risitas.

—El lío.

LISA McMANN

SOLA

5 de febrero de 2006, 05:15
Janie, tumbada en el sofá de Cabel, encuentra por fin a la verdadera señora Stubin.

Está en el banco, la anciana está allí, a su lado, rodeada del anochecer perpetuo y de la lluvia eterna.

—Voy de viaje con el profesor que puede ser el depredador sexual y con algunas de sus antiguas alumnas… que además pudieron ser víctimas suyas.

—¿En qué época del año? —pregunta la señora Stubin.

Janie la mira con expresión de perplejidad.

—En invierno. Estamos en febrero.

—Lleva un abrigo amplio que disimule los temblores, por si te absorbe alguna pesadilla. Envuélvete en él. ¿Vais en una camioneta escolar?

—Sí.

—Vete en el asiento trasero. Si te atrapa un sueño que no sea importante para el caso, sal de inmediato. No malgastes tus fuerzas. Ya sabes salir con facilidad, ¿no?

—Casi siempre, de los normales sí. De las pesadillas, no siempre.

—Sigue practicando en eso, es muy importante.

—Me gustaría pausar mis sueños y ver una panorámica de la escena. ¿Cómo lo hace usted?

—Todo depende de la concentración, de esa misma concentración que utilizas para salir de los sueños, Janie, o para ayudar al soñador a cambiarlos. Mira fijamente al sujeto y háblale con la mente. Dile que se detenga. Concéntrate primero en la panorámica (es más sencillo) y después detén la escena. Quién sabe, quizá algún día seas capaz de utilizar el zum y de rebobinar; viene de maravilla para resolver delitos. Sigue estudiando también el significado de los sueños. Has leído libros sobre el tema, ¿verdad?

—Sí.

—Cuanto mejor sepas interpretar los extraños sucesos oníricos, más fácil te será hacer tu trabajo. Estudia además mis notas para que veas cómo los he interpretado yo durante estos años.

Janie asiente, aunque después se sonroja al recordar que la señora Stubin no puede verla.

—Así lo haré. Señora Stubin...

—¿Qué, Janie?

—Respecto al cuaderno verde...

—Ah, ¿ya lo has encontrado?

—Sí.

—Pues sigue con él.

—¿La comisaria Komisky lo ha leído?

—No, el cuaderno no.

—Pero sí sabe algo de cómo funciona lo de cazar sueños, ¿no?

—Algo —responde con cautela la anciana—; lo hemos comentado. No dudes en hablar con ella cuando lo necesites.

—Aparte de usted y de mí, ¿hay alguien más que entienda del tema?

La señora Stubin parece indecisa.

—Que yo sepa, no.

Janie se inquieta.

—¿Debo leer el cuaderno? ¿Quiere usted que lo lea? ¿Es horrible?

La señora Stubin guarda silencio durante largo rato.

—Eres tú quien debe responder a esas preguntas —contesta por fin—. En conciencia, ni siquiera puedo animarte ni desanimarte. Debes decidirlo tú.

Janie suspira y busca la mano de la anciana para acariciar la piel helada y fina como el papel.

—Supuse que me diría eso.

La señora Stubin le da palmaditas en la mano, sonríe con nostalgia y desaparece lentamente en la neblinosa tarde.

07:54

Es domingo por la mañana y ya va siendo hora. Hace diez días que Janie abrió por primera vez el cuaderno verde.

Vuelve a la cama con Cabel unos minutos (el chico solo dormita, no sueña) y lo abraza, para llevarse con ella todo lo que pueda de él cuando se vaya.

—Te quiero, Cabe —susurra.

Y se marcha.

Vuelve a su habitación, dos calles más allá.

08:15

Cuando ve el cuaderno yaciendo ominosamente sobre su cama, decide dejarlo para más tarde.

Antes hará sus deberes.

Y se tomará un bol de cereales. Al fin y al cabo, el desayuno es la comida más importante del día, ¿no? No es cuestión de saltársela.

10:01

No puede retrasarlo eternamente.

Mira otra vez el cuaderno.

Lo abre.

Vuelve a leer la primera página.

Respira hondo.

10:02

Respira hondo por segunda vez.

10:06

Coge el móvil y marca el segundo teléfono guardado en la memoria.

—Komisky —oye decir.

A Janie le falla la voz; se aclara la garganta.

—Hola, comisaria. Siento llamarla en...

—No te preocupes. ¿Pasa algo?

—Er, sí. Los sueños... ¿Le enseñó alguna vez la señora Stubin lo que había en los archivos?

—Leí los informes policiales que redactó, sí.

—¿Y sus otras notas sobre el manejo de los sueños y demás?

—Eché un vistazo a las primeras hojas sueltas del archivo, pero me pareció que estaba violando su intimidad, así que lo dejé.

—¿Habló con ella alguna vez de su... habilidad?

Silencio.

Mucho silencio.

—¿Qué quieres decir?

Janie se encoge.

—No sé. Nada.

Tras un momento de duda, la comisaria dice:

—De acuerdo.

—Vale.

Se oye un suspiro nervioso.

—¿Señora?

—Janie, ¿va todo bien?

Janie hace una pausa.

—Sí.

La comisaria no insiste.

—Bien —remacha Janie.

—¿Janie?

—Sí, señora —un susurro.

—¿Estás preocupada por Durbin? ¿Quieres dejar esto?

—No, señor, no quiero.

—Pues si se trata de otra cosa, deberías decírmela, ¿sabes?

—Ya, ya sé. Pero… estoy bien, gracias.

—¿Me dejas darte un consejo, Janie?

—Claro.

—Este es tu último año de instituto, y te lo tomas todo demasiado en serio. Intenta divertirte un poco, ¿de acuerdo? Vete a la bolera o al cine o a algo así de vez en cuando, ¿entendido?

Janie sonríe.

—Sí, señora.

—Y llámame siempre que quieras.

Janie siente un nudo en la garganta.

—Lo haré. Adiós —dice por fin, y cuelga.

10:59

Janie toma aire.

Vuelve la hoja.

La siguiente está en blanco.

11:01

Vuelve la hoja en blanco.
Ve la conocida escritura.
Alisa la hoja.

Y entonces siente un retortijón en el estómago y cierra el cuaderno de golpe.
Lo devuelve a la caja.
Y guarda esta en el armario.

11:59

Llama a Carrie.

—¿Te apetece jugar a los bolos?

Se imagina a Carrie meneando la cabeza y riéndose, diciéndoselo a Stu, volviendo al teléfono:

—Mira que eres capulla, Hannagan. En fin, por qué no. Vamos a jugar a los bolos.

EL MEOLLO DE LA CUESTIÓN

13 de febrero de 2006

Los nombres y los horarios de los alumnos de Química 2 rondan sin parar por la cabeza de Janie, pero el problema es que la mayoría de los cerebritos no se dormían en el instituto y, aunque lo hicieran, sería mucha casualidad encontrarse en el mismo sitio que ellos. Era una misión imposible, y, en vista de las bajas temperaturas, sería suicida quedarse de noche debajo de sus ventanas. Janie centra sus esperanzas en la feria de Química. No tiene otra cosa a la que agarrarse.

Cabel intenta trabar amistad con las alumnas de la lista, ya que en sus clases hay más que en las de Janie pero, debido a su antigua relación con Shay Wilder, lo asocian con la popular pandilla de Hill, el barrio rico de Fieldridge, y guardan las distancias.

Este año hay dieciocho alumnos de Química 2. Los trece del año anterior se graduaron y están en la universidad, lejos o muy lejos. De todas formas, Cabel les sigue la pista, por si sus vidas han cambiado en los nueve meses siguientes a la graduación. Pasa horas y horas al ordenador, revisando sus blogs y sus páginas de Facebook o Myspace, en busca de historias raras que ellos consideren semiprivadas.

En resumen, han conseguido un montón de nada.

La única pista de Janie es Stacey O'Grady, alumna del primer semestre de Química 2. Coinciden en la hora de estudio y Stacey tiene unas pesadillas horribles siempre que se duerme, cosa rara en ella.

Pero mucha gente sufre pesadillas horribles y, en opinión de Janie, eso no quiere decir nada, ni siquiera cuando tratan de una violación. Aunque un sueño así puede deberse a un hecho real, lo más frecuente es que se trate de una manifestación del miedo causado por otros problemas. El temor a ser incapaz de correr para huir o a no poder gritar para pedir auxilio suele indicar una sobrecarga de trabajo escolar, un exceso de presiones familiares o una sensación de impotencia para cambiar las cosas. Muchos de los alumnos del instituto pasaban por eso.

Aun así, Janie tiene ganas de echarle un buen vistazo a las pesadillas de Stacey.

Seis de los diez alumnos de la clase de Química 2 a la que asiste Janie son chicas. Aunque le parecen agradables, no conoce bien a ninguna y, de todas formas, ninguna iba a la feria. Por eso, cuando Desiree Jackson les propone una velada de estudio en su casa antes de un examen, Janie se apunta sin dudarlo. Quedan en verse el jueves a las siete de la tarde.

Ese día el señor Durbin reparte las invitaciones para su fiesta del cuatro de marzo, así que Janie pregunta:

—¿Qué le parecería invitar a los del primer semestre? Cuantos más seamos, mejor, ¿no? Vamos, siempre que en su casa haya sitio...

A Janie se le ocurrió la idea al pasar en coche por delante de la casa del señor Durbin. Además, Cabel se las había ingeniado para conseguir el plano en las oficinas del Ayuntamiento, y Janie se lo sabía de memoria. La casa constaba de tres dormitorios, una gran cocina y un espacioso salón capaz de albergar a veinte o más personas.

El profesor se rasca la barbilla.

—No es mala idea. ¿Qué pensáis, chicos? ¿Os parece bien?

Los chicos quieren saber las identidades de los posibles invitados. El señor Durbin los cita de memoria y todos se muestran de acuerdo.

—Genial —dice Janie—. Imprimiré más invitaciones. Deberíamos hacer el recuento de los que vamos.

—Buena idea. Uf, dieciocho; me vais a arruinar, chicos —bromea el señor Durbin.

Varias alumnas se ofrecen a llevar cosas de comer, y el profesor acepta la oferta, agradecido. Janie está perpleja:

creía que Durbin iba a negarse, pero aquello tenía cada vez más pinta de ser una simple reunión de cerebritos.

—Que no me entere yo de que lleváis alcohol —añade el señor Durbin, y sonríe como si fuese lo bastante joven como para estar en la onda de sus alumnos pero quisiera cortar el tema de raíz; sin embargo, el mero hecho de mencionarlo hace que varios chicos crucen miradas cómplices.

«Lo ha dicho con la intención de que hagan justo lo contrario», piensa Janie.

Después de clase, el señor Durbin le dice que espere.

—Has tenido una buena idea, Janie. Quizás algunas de las chicas pudierais venir algo antes para preparar las cosas, ¿no? —pregunta lanzándole una mirada de soltero desvalido.

A Janie se le eriza de nuevo el vello de la nuca, pero sonríe y pone cara de emoción.

—Claro que sí. ¡Va a ser un bombazo! Usted sí que tiene buen rollo. Parece uno de nosotros, ¿sabe?

El señor Durbin esboza una sonrisita.

—Lo intento. Solo hace ocho años que lo era, en realidad. Tampoco soy tan viejales —comenta con languidez. Está apoyado en el escritorio, con los brazos cruzados.

Después extiende una mano.

—No te muevas —dice—, tienes una pestaña.

Frota suavemente la mejilla de Janie con el pulgar, y sus dedos permanecen en el nacimiento del pelo un segundo más de lo necesario.

Después de bajar los ojos con recato, Janie vuelve a mirar los del profesor y murmura:

—Gracias.

Él compone una expresión inequívocamente seductora. Janie duda un momento, luego agita los dedos en un gesto de despedida, da media vuelta y sale corriendo hacia su siguiente clase.

En la hora de estudio ve a Stacey y se sienta enfrente de ella. Quiere darle la invitación de Durbin en persona, para observar su reacción.

—¡Hola! —dice sonriente.

Stacey levanta la vista de su libro y la mira sorprendida.

—Ah, hola, Janie. ¿Qué tal?

Janie advierte con un escalofrío que está leyendo *The Handmaid's Tale*, de Margaret Atwood.

—Estuviste con Durbin en Química 2 el pasado semestre, ¿no?

—Síííí… —Stacey parece recelosa.

—Y vas a ir a la feria de Química, ¿no?

—Ah, eso. Sí… ¿tú también?

—Sip. Suena divertido. Iré a la reunión de la semana que viene para preparar nuestro proyecto.

—Genial. Resultará fácil.

—Pero la cuestión es que… quería hacerte unas preguntas sobre Durbin.

Stacey entrecierra los ojos.

—¿Qué quieres saber?

—Bueno, es que da una fiesta en su casa para nuestra clase y hemos decidido invitaros también a vosotros.

Stacey sonríe con cara de boba.

—¡Oh, guay! Supongo que no os ha contado lo que ocurrió en la anterior, ¿verdad?

Janie ladea la cabeza.

—Pues no, solo que lo pasasteis muy bien.

Stacey sonríe de oreja a oreja, se inclina hacia delante y susurra:

—Todo el mundo acabó pedo, Durbin y Wang incluidos.

A Janie le da un vuelco el corazón, pero disimula la sorpresa y sigue hablando en voz baja:

—¿Wang fue también?

—Sí. Durbin y Wang son colegas. Creo que jugaban juntos al baloncesto o no sé qué. Durbin dijo que Wang iba para entretener y controlar a las multitudes; algo así —Stacey se ríe pero vuelve a ponerse seria—. No le cuentes a nadie lo del alcohol, ¿vale? Podrían despedirlos a los dos. Los cerebritos de Química somos muy legales y no nos vamos de la lengua —añade riéndose.

—Claro, nunca me chivaría de Durbin… Es el mejor.

—Sí —contesta Stacey suspirando—. Es estupendo. Wang tampoco está mal, para ser un creído de Hill.

Ambas se ríen por lo bajinis, y Janie le da dos invitaciones para la fiesta.

—Toma, aquí se explica todo. ¿Crees que podrás venir? Estamos haciendo un recuento para saber más o menos cuánta comida llevar.

—Sí, claro, allí estaré. Necesito distraerme. ¿Quieres que corra la voz? Casi todos los demás están en mi clase de Física.

—Sí, muy bien. Mañana te traigo más invitaciones.

—Fantástico, es un detalle estupendo que tu clase nos invitara, gracias —añade con una sonrisa.

Janie se la devuelve.

—Entonces, ¿crees que vendrán todos?

Stacey lo piensa un momento.

—No se me ocurre nadie que quiera perdérselo.

19:02

Cuando Janie acaba sus notas en casa de Cabel, se dice:

—Esto se pone cada vez más interesante.

Cabel lee por encima de su hombro.

—¿Te hizo el truquito de la pestaña? ¡Por favor, qué patético! —bufa, y empieza a recorrer a zancadas la habitación.

—Tranqui, grandullón —murmura Janie distraídamente mientras teclea la información que le ha dado Stacey. Cuando acaba, imprime diez invitaciones más.

Cabel habla por teléfono.

—Soy Cabe. Creí que debíamos vigilar la casa de Durbin por las tardes hasta que... —hace una pausa—. Ah, vale, usted manda —dice sonriendo con timidez—. Gracias, señora.

Cuelga.

—¿Tú sabías que llevan dos semanas vigilando la casa de Durbin?

—Ni idea, pero me parece muy bien. ¿Cómo va lo tuyo, Cabe? A mí me parece raro no encontrar a ningún alumno al que no le guste Durbin. ¿Has encontrado tú alguno?

—No. Parece aspirar al premio de profe del año.

—Si fue una alumna quien hizo la llamada, ¿por qué no siguió adelante y recogió la recompensa? No lo entiendo. No todo el mundo bebe. El año pasado debió de asistir a la fiesta algún alumno no bebedor, ¿por qué no comentó el tema con nadie? ¿Crees que Carrie lo sabía?

Cabe empezó a pasear de nuevo.

—No creo —contesta—. Ella, Melinda, Shay y la gente de las fiestas pijas de Hill no son cerebritos de ciencias. No he visto jamás a nadie de la lista de alumnos de Química en una de esas fiestas. Son mundos opuestos.

—Entonces, ¿qué les da Durbin para que todos quieran protegerlo?

Cabel no hace más que pensar. Janie casi puede ver los engranajes girando en su cabeza. Ella mira las invitaciones y, por capricho, abre su Gmail y redacta un correo para enviarlo a la dirección que Durbin le ha dado.

Hola, señor Durbin.

Hoy he hablado con Stacey O'Grady y está encantada de asistir a su fiesta. Me ha dicho que la del último semestre fue alucinante. Si está usted de acuerdo, ella se encargará de dar las invitaciones a los otros.

¿Le parece bien que vayamos las dos una hora antes para ayudarle con los preparativos?

Y ya sé que dijo que nada de alcohol,
pero tengo un postre estupendo que me
encantaría hacer… con crema de menta.
Una chispa. No le hará efecto a nadie,
ni aunque se lo coman todo. ¿Le parece
bien? Si no, puedo llevar barritas de
cereales.
Janie Hannagan

P. D. Estoy un poco preocupada con
el examen del viernes. ¿Podría verle
un momento para comentarle unas
dudas?
Gracias.
J.

Lo envía y baja el volumen del ordenador, por si el profesor está conectado y responde de inmediato.

—¿Qué haces? —pregunta de pronto Cabel.

—Ligar con Durbin.

—Ah… —Cabel retoma su paseo, pero se detiene enseguida—. ¿Sabes una cosa? Creo que por fin entiendo lo que sentiste. ¿Te acuerdas de cuando pasaste por mi casa y Shay estaba conmigo?

—Sí. Grabado a fuego lo tengo.

—Yo no quería que lo vieras, y no porque pretendiera engañarte, sino porque duele.

Janie le sonríe.

—Sí. Es un asco, ¿verdad?

—A mí me está volviendo loco —admite Cabel—. Si ese cabrón te hace daño, lo mato. Lo siento, pero sigue sin gustarme que hagas esto.

—Suerte que no trabajo para ti, ¿no? —dice Janie, pero sabe que es duro.

Cabel se detiene y la mira.

—Tienes razón —dice volviendo a caminar—. Entonces… ¿tú también crees que Durbin es guay?

—Entiendo por qué les gusta a las chicas.

—¿A ti te gusta?

Janie suspira.

—Ay, Cabe. Shay es una animadora y además es guay, rica, *sexy* y popular. ¿Te gustaba a ti?

—No. Solo formaba parte de mi trabajo.

—Pues eso.

—No me has contestado.

Janie duda, porque quiere ser sincera.

—Durbin es atractivo, no lo niego; pero cuando hizo lo de la pestaña, se me pusieron los pelos de punta. Me da mal rollo, Cabe.

Cabel asiente distraído mientras pasea.

—Vale. Me dejas mucho más tranquilo.

Janie sonríe, porque lo entiende. Es lo mismo que le ocurría a ella con Shay. Además, está orgullosa de lo bien que lo lleva Cabe.

—Te quiero, ¿sabes? —le dice, y cada vez le cuesta menos decirlo.

Cabel se acerca a ella y le masajea los hombros, pero el tono de su voz es muy serio cuando le responde:

—Y yo a ti, Janie.

—Y soy buenísima cuidándome a mí misma. Mis clases de autodefensa no toleran la ofensa.

Él le tira del pelo.

—Me alegro de que las estés tomando. Te estás poniendo cachas, ¿sabes? Es muy *sexy*… mientras no me casques a mí.

—Si te portas bien… —murmura—. Oye, ¿puedo quedarme esta noche?

—No sé yo, o sea, estoy como realmente ocupadísimo y eso…

Janie sonríe.

Entonces oye el aviso del correo entrante.

```
Janie:
Ja, ja, ja. Trae el postre y la botella.
Y un sonoro sí a todo lo demás que me
preguntas, a eso y más.
Podemos quedar mañana (martes) des-
pués de clase, para aclarar esas dudas.
El resto de las tardes estoy ocupado
hasta las siete, pero si quieres puedes
pasarte mañana a partir de esa hora,
mañana o el miércoles. Lo dejo a tu
elección.
Dave Durbin
```

—Es asquerosamente baboso —rezonga Cabel—. Sabe de sobra que mañana es San Valentín y, además de un gran partido de baloncesto, hay un baile de siete a

diez… —Cabel piensa un momento y añade—: Cuando
le contestes, tutéalo y llámale «Dave»: lo está pidiendo
a gritos.

Dicho esto se retira.

Janie aprieta los labios y escribe:

```
Dave:
    ¿Qué tal el miércoles hacia las ocho?
Ya sé dónde vives. ¡Gracias!
    J.
```

Una vez que lo envía, recibe la respuesta en menos de
un minuto.

```
Ya estoy deseando verte.
Dave
```

Janie apaga el ordenador y va en busca de Cabel, que
espera en el salón mirando una vieja película del Oeste. Se
sienta a su lado.

—Voy a su casa el miércoles a las ocho —anuncia—.
¿Me vigilarás?

Cabel desliza el brazo alrededor de su cuello y la abraza con ternura.

—Pues claro. Además, pienso alertar a Komisky.

—Vale —dice Janie apretándose contra él.

Después de ver un rato la tele, con el volumen demasiado bajo como para enterarse de algo, Cabe dice:

—Ojalá pudiéramos salir mañana por la noche.
Estoy harto de hacer siempre lo mismo y de que este-

TEME

mos todo el rato escondidos. Nuestras actividades se reducen a levantar pesas y a decidir entre judías verdes y brócoli.

Janie suspira.

—Es verdad. ¿Podremos salir juntos alguna vez?

—Supongo. Quizás en verano. En otoño seguro. Una vez que nos libremos de la sarta de mentiras que hemos urdido en el instituto Fieldridge.

Janie asiente y apoya la cabeza en su hombro. Él le alborota el pelo.

—¿Cabel? —pregunta cuando se acuestan.

—Dime, peque.

—¿Te importa que esta noche haga prácticas con tus sueños?

—Claro que no. No hace falta que me lo preguntes.

—Me parecería raro no hacerlo.

—Pues no pasaría nada. ¿Estás trabajando sobre algo en particular?

—Sí... En grabaciones de video.

Cabel se ríe.

—¿Quieres decir con pausas, rebobinados y demás?

—Exacto.

—Qué interesante. Espero que lo consigas. Supongo que hoy no me llevarás contigo, ¿verdad?

—No, esta vez no. Necesito estar muy concentrada. Aunque te lo enseñaré en cuanto lo domine.

Cabel apaga la luz pero mantiene su brazo alrededor de la cintura de Janie y le acaricia el vientre con el pulgar, como si tocara la guitarra.

—Aplicando ese tipo de cosas a un buen sueño, podrías divertirte un montón —comenta.

—Por eso quiero practicar contigo —dice Janie sonriendo en la oscuridad.

—Ten cuidado, no sea que mañana vayas a clase como un tomate por el calentón.

Janie suelta unas risitas.

—Eso forma parte del plan, mi niño.

—Pues lo que le faltaba a Durbin... —la voz de Cabel adquiere un dejo amargo.

Janie se vuelve hacia él.

—¿Por qué crees que nadie denuncia a Durbin?

—Porque solo es unos años mayor, tiene buena pinta, está en buena forma y actúa como si de verdad le gustaran los cerebritos. Acepta sus mentes estrafalarias y los elogia. Es la personificación del chico popular y guay cuyas admiradoras no han sido populares en la vida. Por eso sus alumnas se derriten.

Janie carraspea.

Espera.

Carraspea de nuevo.

—E-esto, vamos... —tartamudea Cabel—, lo que quiero decir es que algunas de sus alumnas son así, y otras, ya sabes, otras, como tú, por ejemplo, ven más allá de la fachada y... eh... y eso.

—Aaah, mmmm —dice Janie.

—Y... te quiero muchísimo y... voy a cerrar el pico ahora mismo y a dormirme como un tronco para que manipules mi sesera como te dé la real gana.

—Bastante pobre —replica Janie—, pero puede valer.
Cabel sueña.

Janie se adentra en la oscuridad y después en la sala de ordenadores.

El sueño se basa en la primera noche que hicieron el amor. Mira a Cabel y se mira a sí misma con curiosidad, sorprendiéndose por la rapidez con que encuentran un ritmo común.

Se concentra con todas sus fuerzas. Mira a Cabel de hito en hito, repitiéndose mentalmente: «Pausa».

Transcurre un minuto y no hay ningún cambio.

Otro minuto.

Y entonces los movimientos se lentifican.

Diez segundos después se interrumpen. En un momento muy interesante, en opinión de Janie.

Escudriña la habitación, tratando de no perderse detalle. Los objetos de oficina del escritorio; el reloj de pared, también parado; el color de todo. Le resulta muy difícil mantener la escena. Siente que su cuerpo tiembla, que pierde fuerza, y el sueño acaba por recuperar la velocidad original.

Le martillea la cabeza, tiene los dedos entumecidos. Da un golpecito a Cabel para despertarlo y salir del sueño. Sabe que después de lo sucedido no podrá hacerlo por sus propios medios: apenas siente ya los brazos y las piernas.

Cabel respira hondo y se espabila un poco. Aún medio dormido, acaricia el agarrotado cuerpo de

Janie. Ella siente su tacto de forma intermitente, lo ve en su cerebro. Se atasca. Cae. Está excitada, ciega, anestesiada, vigilando con la mente, sintiendo con el cuerpo; quiere hacer el amor, pero no consigue vencer la parálisis.

No puede moverse.
No puede sentir.
No puede hablar.

No puede seguir. Así no.
Debe despertar a Cabel antes de que pase algo.
Deben hacerlo bien.

Hace acopio de todas sus fuerzas, de toda su concentración, de toda su voluntad. Muerde a ciegas, siente pelo entre los dientes, y tira hacia atrás.
Todo se vuelve negro.

Se estremece.
Tiembla.
Trata de recobrar el aliento mientras ansía ver algo, cualquier cosa. La cara de Cabel. Quiere verle la cara.

Él le habla.
Le apoya la mano en la mejilla, húmeda de lágrimas.
Janie se da cuenta en ese instante.
Se da cuenta de que apenas tendrán ocasiones para estar juntos sin preocuparse por nada, para amarse me-

dio dormidos en plena noche invernal, recreándose en sus sueños.

Está rota.

Los músculos le parecen de agua.

Pero él está allí, incorporándola, acercándole un vaso de leche a los labios, diciéndole que beba.

Siente sus dedos retirándole el cabello de los párpados, oye su voz junto al oído, huele su piel. Siente el sabor de la leche en la lengua, en la garganta. Entonces, poco a poco, ve sombras. Blanco y negro al principio; luego el rostro de él, su angustia, su pelo de punta, sus mejillas enrojecidas.

Janie le habla con dureza:

—No pasa nada —dice.

Pero sí pasa.

Porque ella lo desea, y ahora resulta que él tiene miedo de tocarla como a ella le gustaría.

Cabel la obliga a comer.

Se sienta al lado de su cama.

Espera a que vuelva a dormirse.

Por la mañana, Janie lo encuentra despierto en el sofá.

Se sienta en su regazo.

Ambos se miran con desconsuelo.

Cabel porque se siente impotente, Janie porque se siente atrapada por su don. Ambos se desesperan un buen rato por separado, hasta que empiezan a reconciliarse con la vida que les ha tocado en suerte. No obstante, ambos se preguntan de pasada si vale la pena continuar.

Si deben seguir juntos.

Torturándose inesperada e indefinidamente.

—Cabe —dice Janie.

—¿Qué?

—¿Sabes qué hace que me sienta mejor?

Él piensa un momento.

—¿Beber leche?

—Además de eso.

—¿El qué?

—Que me abraces, muy fuerte, como si no fueras a soltarme jamás. O que te tumbes sobre mí.

Él hace una pausa.

—¿En serio? —pregunta al fin.

—No bromearía sobre algo así. No sé qué efecto tiene la presión sobre mi cuerpo, pero me quita el entumecimiento, del todo.

Janie alberga la esperanza de no tener que pedírselo directamente.

No tiene que hacerlo.

LOS MANEJOS DE DURBIN

15 de febrero de 2006, 20:04

Janie aparca en el camino de acceso del señor Durbin.

Cabel ha estacionado su coche media manzana más lejos, para vigilar con unos prismáticos la ventana lateral del salón.

Baker y Cobb están también en sus puestos.

Janie no lleva micrófono, porque en realidad nadie espera que pase nada, todavía no; el señor Durbin es demasiado listo.

Janie recoge sus libros, se dirige a la puerta principal y llama al timbre.

Él tarda un poco en abrir, no demasiado, y la invita a entrar.

Janie se quita el chaquetón y se lo da. Lleva vaqueros y una camisa transparente y escotada sobre una camiseta de tirantes: un conjunto que no podría llevar al instituto.

Él viste pantalones de chándal y una camiseta de manga corta.

Suda copiosamente.

—Estoy machacándome un poco —explica echándose una toalla por los hombros. Luego conduce a Janie hasta la mesa de la cocina.

—Qué casa más bonita —dice ella—, y estupenda para dar fiestas.

—Por eso la compré. Me gusta tener un sitio para que los alumnos ser relajen de vez en cuando —responde. Luego saca del frigorífico dos botellas de agua, ofrece una a Janie y añade—: Ve preparando tus cosas. Yo voy a tomar una ducha de tres minutos. Enseguida vuelvo.

Janie pone los ojos en blanco cuando él se aleja y de pronto cae en la cuenta: la ha dejado sola.

Aprovecha para recorrer a hurtadillas la planta baja, mirándolo todo. Oye el agua de la ducha.

Junto la cocina hay un despacho con todo tipo de gráficos, libros e instrumentos de laboratorio; al otro lado del vestíbulo, dos dormitorios y un baño; tras cruzar el salón, un dormitorio principal con el baño donde él se está duchando. Janie le echa también un vistazo. Es una estancia grande, con cama de matrimonio y unas cuantas prendas de vestir por en medio. En la mesilla de noche hay una revista porno.

Cuando deja de oír la ducha, regresa volando a la cocina y se sienta a la mesa. Al ver que Durbin se acerca, finge estar concentrada en sus apuntes. El profesor se ha puesto vaqueros y una camiseta blanca, a lo James Dean. Solo le falta el cigarrillo.

El hombre recorre el salón cerrando las cortinas. Janie se estremece, consciente de que Cabel se estará poniendo frenético. Pero Cabel había prometido a la comisaria mantener la calma, y Janie espera que cumpla su promesa.

—Muy bien, pequeña, ¿qué dudas tienes? —pregunta Durbin al volver a la cocina. Se sienta en la silla que está al lado de Janie y se pasa los dedos por el húmedo cabello.

—¿Pequeña? —Janie se ríe—. Tengo dieciocho años.

—Le ruego me perdone. ¿En qué estaría yo pensando? Aaah —dice inclinándose para mirar sus apuntes—. Gases tóxicos —añade frotándose las manos—. Qué emocionante, ¿no?

Janie se vuelve para echarle una miradita.

—Bueno, interesante sí es, pero no entiendo que esto —señala con el lápiz— conduzca a esto otro. No tiene sentido.

—Hummm —contesta él, y le quita el lápiz con suavidad—. Vamos a empezar por el principio.

Da la vuelta a la hoja y escribe ecuaciones por el reverso al tiempo que silba por lo bajo. Janie se inclina muy poco a poco, como para ver bien lo que hace, hasta que él deja de escribir. Ha cometido un error. Lo borra. Rebulle en su asiento.

Janie se queda quieta y asiente, concentrada en el movimiento del lápiz.

Toma un traguito de agua de la botella que él le ha dado y el ruido que hace al tragar es el único de la habitación. Observa el vaivén reflexivo de su nuez de Adán.

—Bien —dice él por último, y le explica la media página de ecuaciones de principio a fin. Janie atiende, con el codo sobre la mesa y los dedos entre el cabello, asintiendo, pensando, esperando.

—Creo que ya lo pillo —dice cuando él acaba.

—Inténtalo tú —sugiere él mirándola. Luego toma el papel y, al deslizarlo bajo el cuaderno de Janie, le roza el pecho con el brazo. Ambos fingen que no se enteran.

Janie saca una hoja en blanco y empieza por la ecuación inicial. Se inclina sobre el papel, de manera que sus cabellos caigan por delante de su hombro, y sigue escribiendo. Tras un instante, él le coloca esos cabellos sobre los hombros y sus dedos se entretienen un segundo de más en su nuca.

—Es que no veo lo que escribes —dice.

—Lo siento.

Janie se echa el pelo sobre el hombro contrario. Siente la mirada de Durbin fija en ella. A mitad del problema duda un poco y mascula:

—Un momento, no me lo diga.

—Vas bien —dice él en voz baja, inclinándose. Janie siente su aliento en el hombro—. Tómate tu tiempo.

—No voy a entender esto en la vida.

Él le toca con suavidad la espalda.

Janie finge que no se da cuenta y reflexiona sobre sus propias reacciones, tratando de ponerse en el lugar de una chica que aprobara tales avances. Decide que una chica así no haría nada, por lo que resopla con disimulo y mueve el lápiz de nuevo. Tras un momento, lanza a Durbin una miradita para aclararle todo lo que quiere saber.

—¿Está bien? —pregunta señalando el resultado.

—Muy bien, Janie. Perfecto —contesta él sin retirar la mano del centro de su espalda.

Janie sonríe, mira el papel un momento y se yergue poco a poco.

—Bueno, pues muchas gracias, señor Durbin, por, eh, ya sabe, dejar que me cuele así en su casa.

Él la acompaña a la puerta y apoya la mano en el pomo.

—Ha sido un placer —responde—, y espero que se repita. Basta con que me envíes antes un correo, ¿de acuerdo?

Janie se acerca para abrir la puerta, pero Durbin no suelta el pomo.

—Janie —dice.

Ella se gira.

—¿Sí?

—Creo que los dos sabemos por qué querías venir esta tarde.

Janie traga saliva.

—¿Ah, sí?

—Sí, y yo no me siento mal por eso, porque tú también me gustas.

Janie parpadea y se sonroja.

—Pero —continúa él— no puedo tener una relación contigo mientras seas mi alumna, no estaría bien, aunque tengas ya dieciocho años.

Janie guarda silencio, mirando al suelo.

Durbin le pone un dedo debajo de la barbilla para subirle la cabeza.

—Sin embargo, una vez que te gradúes —dice con una mirada significativa— será otra historia.

Janie no se lo puede creer.

Pero, pensándolo bien, sí se lo cree.

Así es como calla la boca a sus alumnas.

Culpándolas.

Ya sabe qué decirle.

Solo que al decirlo va a tener que aguantarse las ganas de vomitarle en los zapatos.

—Lo siento —dice—, estoy muy avergonzada.

—No lo estés —contesta Durbin, pero Janie sabe que el tipo desea que sí lo esté.

Y espera, espera el próximo comentario de aquel cerdo egocéntrico, resistiendo el impulso de decirlo antes que él.

—Son cosas que pasan.

Janie se las arregla para transformar su grima en una sonrisa triste y se marcha sin decir palabra, aunque se sienta tentada de acabar la película gritando: «¡Cuán insensata he sido!».

Unos cuatro segundos después de arrancar su coche le suena el móvil. Espera a no estar a la vista de Durbin para descolgarlo.

—Estoy bien, Cabe.

—Vale. Te quiero.

Janie se ríe.

—¿Forma eso parte de la investigación?

—Solo trato de comportarme como un buen poli.

—Durbin es un liante. Me voy a casa. ¿Quieres pasar y te cuento los detalles?

—Claro.

—Voy a llamar a Baker y a Komisky. Te veo en casa.

Janie hace las llamadas y narra los hechos. La comisaria le asegura que se trata del típico «síndrome del capullo ególatra con autoridad».

Y añade:

—La feria de Química no me preocupa, porque os acompaña la señorita Pancake, pero ten mucho cuidado en esa fiesta, Janie. Me da en la nariz que, en tales ocasiones, emborracha a las chicas y se aprovecha de ellas. Ándate con ojo.

—Eso haré, comisaria.

—Ven a recoger unos panfletos sobre drogas para violaciones, quiero que estés informada.

—Sí, señora.

21:36

Janie llega a casa dominada por un odio renovado hacia Durbin. ¡Vaya manipulador! Le encantaría colarse en alguno de sus sueños y convertírselo en una buena pesadilla.

Diez minutos después Cabel entra, la mira y la abraza.

—Te huele la blusa a su loción para después del afeita-do —dice entrecerrando los ojos—. ¿Qué pasó?

—He hecho mi trabajo.

—¿Y él qué ha hecho?

—Aquí, siéntate aquí y haz que resuelves ecuaciones —dice Janie. Una vez que él se sienta, ella reproduce el comportamiento y las palabras de Durbin.

—¡Hijo de…!

—Y después va y me dice que soy una chica mala por atreverme a pensar que él quería tocarme, cuando acaba-ba de hacerlo.

Cabel cierra los ojos.

—Claro —dice asintiendo—, por eso las chicas no se chivan. Se sienten culpables.

—Eso es exactamente lo que pensaba yo mientras me echaba la charla agarrado al pomo de la puerta para que no me escapara.

Cabel se pasea.

Janie sonríe.

—Me voy a la cama. Ya te marcharás cuando acabes de pasear.

17 de febrero de 2006, 19:05

Está sentada en el suelo del salón de Desiree Jackson, donde tiene lugar la velada de estudio. La rodea un grupo de compañeras de Química 2, resolviendo ecuaciones.

Cada vez que alguna menciona a Durbin, las demás se deshacen en elogios. Janie finge estar de acuerdo y formula como de pasada preguntas sobre él, pero ninguna comenta nada malo.

22:12

Recoge sus libros y sus apuntes, suspira y vuelve a casa sin nada nuevo sobre el profesor a quien los alumnos, y sobre todo las alumnas, parecen adorar.

Una velada de investigación desperdiciada: aquel rollo ya se lo sabía de memoria.

EL VIAJE

19 de febrero de 2006, 12:05

Está nevando. Mucho.

Los alumnos de Química guardan su proyecto y sus bolsas en la camioneta para quince pasajeros situada en el aparcamiento del instituto mientras el señor Durbin camina sosteniendo un móvil junto a su oreja con una mano enguantada. La nieve cubre sus cabellos y el vendaval se lleva sus palabras.

Todos los alumnos montan en la camioneta, emocionados y nerviosos, y se sientan en las tres filas delanteras.

Todos salvo Janie, que se queda en la cuarta y última.

Sola.

Temblorosa.

La señorita Pancake, envuelta en un plumas lila que le llega a los pies, observa ansiosamente al señor Durbin por el parabrisas.

—Deberíamos cancelar el viaje —dice entre dientes sin dirigirse a nadie en particular—. Cuanto más al noroeste vayamos, peor va a ser: efecto lago.

Los alumnos hablan en susurros.

Janie ruega que el tiempo mejore. Por mucho que odie esos viajes escolares, sabe que este es necesario.

Por fin el señor Durbin sube al asiento del conductor, en compañía de una ráfaga de nieve y viento helado.

—La secretaria de la feria dice que más al norte hace bueno, y los últimos partes meteorológicos indican que esta franja nubosa se limita a la mitad inferior del bajo Michigan. En cuanto pasemos Grayling, la situación mejorará.

—¿Entonces nos vamos? —pregunta la señorita Pancake.

El señor Durbin le guiña un ojo.

—Por supuesto, querida. Poneos el cinturón. ¡A la feria! —exclama enfilando hacia la calle.

Los alumnos sueltan vítores. Janie sonríe y revisa su mochila. Lleva todo lo necesario para pasar las próximas treinta y seis horas. Saca *Harry Potter y la Orden del Fénix*, así como su luz para libros, y se sumerge en la lectura.

17:38

Llegar a Grayling, que en condiciones normales cuesta tres horas, les lleva más de cinco, pero ha dejado de nevar.

La camioneta entra renqueando en el aparcamiento de una hamburguesería.

—Comed rápido y volved enseguida —grita el señor Durbin—, nos quedan seis horas de viaje. Mañana hay que levantarse temprano: cierran el gimnasio a medianoche y lo abren a las seis de la mañana. Os sugiero que durmáis un poco durante el viaje.

Janie se anima, pero procura mantener las distancias con Durbin. Sigue mosqueada por lo ocurrido en su casa, aunque sabe que debería disimularlo. Para más inri, cuanto más trata de darle esquinazo, más la persigue él.

Cuando entran al restaurante se pone a su lado, pero Janie no le hace caso y se dirige al baño.

Ella y todos los demás, así que aprovecha para llamar a Cabel.

—Hola, mamá.

Cabel resopla.

—Hola, cielo. ¿Habéis pasado ya la ventisca?

—Sí, más o menos.

—¿Todavía nada?

—No, todavía no. Aún nos quedan seis horas de viaje. Va a ser una noche muy larga.

—Mucho ánimo, cariño. Te echo de menos.

—Te… te quiero, mamá.

—Llámame siempre que puedas, o que pase algo.

—Lo haré.

—Te quiero, Janie. Cuídate.

—Lo haré. Hasta pronto.

Quince minutos después vuelven a la carretera.
Nadie duerme.
«Normal», piensa Janie.
Ella echará un sueñecito en cuanto pueda.

00:10

Comparte la habitación del hotel con tres compañeras:
Stacey O'Grady, Lauren Bastille y Lupita Hernández. Las
cuatro charlan en voz baja unos minutos, pero el cansan-
cio las obliga a dormir pronto, tras poner el despertador a
las cinco y media de la mañana.

01:55

Janie es absorbida por el primer sueño, que es de
Lupita, su compañera de cama. La siente rebullir a su
lado.

Están en un aula. Vuelan papeles por todas partes.
Lupita los recoge locamente, pero por cada uno que
recoge caen otros cincuenta del techo.

La chica está frenética.

Mira a Janie, que la observa a su vez muy concentrada.

—¡Ayúdame! —ruega Lupita.

Janie sonríe para darle ánimos.

—Cámbialo —le dice—, ordena a los papeles que
formen una pila. Es tu sueño, puedes cambiarlo.

Se concentra en hacerle entender el mensaje. Los ojos de Lupita se agrandan poco a poco; luego extiende las manos hacia los papeles y ellos flotan lentamente hasta su pupitre, donde forman un ordenado montón. Lupita suspira aliviada.

Janie sale del sueño.
Lupita ha dejado de moverse y su respiración es sosegada.
Janie sonríe y se da la vuelta.
Espera con paciencia el sueño que de verdad le interesa.

02:47

Esta vez es Lauren Bastille.

Están en la habitación de una casa que a Janie le resulta familiar. Hay sillas plegables puestas en círculo, gente sentada y de pie. Algunos se ríen y se dejan caer al suelo. Todos sostienen vasos de una especie de ponche rosa; algunos forman un cuenco con las manos, las hunden en la ponchera y beben de sus manos a sorbetones.

Todos salvo Lauren parecen borrachos. Por mucho que se concentre, Janie es incapaz de distinguir las caras de los demás.

Lauren baila en medio de un círculo de personas. Da vueltas, se tropieza, ríe; viste solo unos vaqueros y un sujetador negro.

Un hombre se une a ella.

El hombre se quita la camisa y la agarra por la cintura.

Todos aplauden y lo vitorean cuando él la abraza.

Los dos se besan y se acarician mientras la música retumba.

Música *hip hop.*

Janie observa horrorizada que el tipo desnuda a Lauren y se baja los pantalones hasta las rodillas. Luego empuja a la chica hacia el suelo y se tumba sobre ella, sus bebidas se derraman por todas partes. Los demás empiezan a besuquearse y a desgarrarse la ropa entre sí y después se apilan sobre Lauren hasta que tocan el techo. Ella grita, pero apenas se la oye. ¡Va a morir aplastada!

Aunque Janie no puede moverse, su cuerpo sufre sacudidas. No quiere ver más, es espantoso. Sin embargo, no consigue escapar. Trata de salir, pero la pesadilla es demasiado intensa.

Intenta gritar, pese a saber que le es imposible.

«¡Mírame!», le ordena con la mente a Lauren, «¡pídeme ayuda!».

Sin embargo, el sueño está fuera de control. Janie no consigue llamar la atención de su compañera, solo puede mirar con horror cómo lucha, cómo forcejea y chilla: «¡No! ¡Basta! ¡No!».

Janie reúne todas sus fuerzas a fin de pausar el sueño o de ver una panorámica de la habitación, pero todo es inútil.

Hasta que... con un tremendo esfuerzo final se las arregla para apartar los ojos de Lauren y mirar a su alrededor.

Allí, en la cocina.

Riéndose y bebiendo.

Contemplando aquella locura como si se tratara de un partido de fútbol, alguien sostiene un móvil, y en su cara riente y borrosa se adivina una expresión muy, muy extraña.

Cuando Lauren grita, todo se ennegrece. Janie está paralizada, ciega. Oye a Stacey mascullar:

—¿Pero qué porras...?

Siente que Lupita gruñe y mete la cabeza debajo de la almohada. Janie espera tres cosas:

Que Lauren deje de respirar con tanta fuerza.

Ver.

Sentir algo. Lo que sea.

Las tres cosas tardan un montón, pero la mañana llega demasiado pronto.

20 de febrero de 2006, 08:30

El equipo de Química expone su obra: una cadena de ADN con cartelitos que teorizan sobre la forma segura de clonar humanos.

A Janie le interesa poco y deja que los verdaderos cerebritos hagan el trabajo, cosa que probablemente le agradecen.

La señorita Pancake llega con donuts y todos se sientan a consumirlos mientras los observadores y los jueces puntúan los proyectos. Todo el grupo parece hecho polvo, incluso el señor Durbin.

Janie se excusa y va a la sala de descanso, desde donde llama a Cabe para contarle el sueño de Lauren. Ambos reflexionan en un silencio lúgubre.

—Ten cuidado —dice Cabel por enésima vez.

—Lo que no entiendo es que nadie dijera nada, a menos que todos estuvieran tan borrachos que no lo recordaran —murmura Janie—. Seguro que el ponche tenía algo raro. La comisaria me dijo que investigara sobre las drogas para violaciones, creo que ella piensa lo mismo.

—Eso parece, J.

La puerta de la sala se abre para dar paso a Lupita, que saluda a Janie alegremente.

—Te dejo —dice esta en voz baja, y cuelga el teléfono mientras devuelve el saludo a su compañera.

16:59

El equipo guarda su proyecto, que ha conseguido el tercer premio. No está mal para una teoría idiota y un centenar de palitos de polo.

A las nueve de la noche todos dormitan en la camioneta, todos menos Janie y el señor Durbin. La primera forcejea y logra salir de una serie de sueños ridículos (por suerte, los sueños más tontos son los más fáciles de abandonar).

Toma un tentempié e intenta dormir de nuevo.

Por fin el señor Durbin aparca en el arcén y la tropa durmiente se espabila para ver qué pasa.

—Mi querida Rebeca —dice el profesor a la señorita Pancake—, ¿puedes conducir un rato? Me caigo de sueño.

La señorita lo mira con aprensión.

—Solo una hora o así —insiste él.

—Bueno.

Durbin sale de la camioneta y vuelve a entrar por la puerta trasera.

—¿Puede sentarse alguien con Pancake, por favor?, necesito estirarme.

Se deja caer en el asiento situado junto al de Janie.

—Hola —dice, y recorre con la vista el abrigado cuerpo de su alumna.

—Hola —responde ella aparentando interés, pero luego lo ignora y mira por la ventanilla hacia la negrura de la noche. Observando la nieve que cae de nuevo, se pregunta si algo espantoso estará a punto de suceder. Si la descubrirán temblorosa y ciega debido a uno de los sueños de Durbin, o si él intentará algo raro en la zona tenebrosa de la camioneta.

Ninguna de las dos posibilidades suena nada bien.

El señor Durbin se recuesta y bosteza. Al poco rato ronca al lado de Janie, con las piernas estiradas por el pasillo y la mitad superior del cuerpo inclinándose cada vez más hacia ella.

Está atrapada.

Prefiere quedarse despierta y reservar sus fuerzas. Lo consigue más o menos durante una hora.

23:48

Se despierta sobresaltada.

La camioneta va a toda mecha. Todos están dormidos excepto Pancake, pero todos están demasiado cansados para soñar.

Mira al señor Durbin.

El hombro de él está contra su hombro; su mano, sobre su muslo.

Janie palidece, le quita la mano del muslo y se encoge en su rincón para darle la espalda.

Él no se despierta.

Tampoco sueña.

«¡Cacho inútil!», piensa Janie.

03:09

La camioneta se detiene en el aparcamiento del instituto Fieldridge, donde los coches de los alumnos están cubiertos por más de medio metro de nieve.

Janie empuja al señor Durbin para despertarlo.

—Ya hemos llegado —anuncia secamente. Lo único que quiere es irse a casa y meterse en la cama.

El grupo baja a trompicones.

—Hasta mañana, chicos, que paséis buena noche —se despide la señorita Pancake mientras los alumnos quitan como pueden la nieve de sus parabrisas.

Janie llama a Cabel.

—Hola. Esperaba tu llamada —dice él preocupado—. ¿Puedes venir?

—No creo que haya mucha gente con las ventanas abiertas en una noche como esta.

—Entonces ven.

—Tardo cinco minutos.

Al llegar se derrumba en los brazos de Cabel y le cuenta lo del señor Durbin en el asiento trasero.

Él la lleva al dormitorio, la ayuda a ponerse una de sus camisetas y le dice al oído mientras se queda dormida:

—Has hecho un buen trabajo.

Después cierra la puerta y se prepara la cama en el sofá pero, en lugar de dormirse, aporrea la almohada sin hacer ruido.

21 de febrero de 2006, 15:35

Janie, con ojeras, y Cabel, con expresión preocupada, están sentados en el despacho de Komisky. Janie picotea almendras y bebe leche mientras relata los sucesos de la feria.

—Parecía la casa de Durbin —dice—, parecía su salón.

—¿Pero no pudiste verle la cara a nadie? —insiste la comisaria.

—No, solo a Lauren, y porque era su sueño —contesta Janie retorciéndose las manos.

—Está bien, Janie, de verdad. Nos has dado mucha información.

—Me habría gustado averiguar algo más.

Cabel le da un apretoncito en la mano; un poco demasiado fuerte.

Después Janie se va a casa, mira cómo está su madre, cena y se acuesta. Duerme doce horas seguidas.

27 de febrero de 2006

Cabel la llama de camino al instituto.

—Estoy justo detrás de ti.

—Ya te veo —contesta Janie sonriéndole por el retrovisor.

—Oye, Janie…

—¿Qué?

—Tengo un problema tremendo.

—¡Oh, no! ¿No será ese hongo de la uña del dedo gordo que tardó seis meses en quitársete?

—¡Qué va!, mucho peor. Es algo increíble. ¿Seguro que puedo contártelo mientras conduces?

—Tengo puestos los cascos, las dos manos en el volante, las ventanillas subidas… Desembucha.

—Muy bien, allá va… El director Abernethy me ha llamado esta mañana para decirme que formo parte de los elegidos para redactar el mejor discurso de graduación.

Se hace un silencio.

Después se oye un resoplido, bastante sonoro.

Y unas carcajadas.

—Enhorabuena —dice al fin Janie, partida de risa—, ¿y qué piensas hacer?

—¿De aquí en adelante? Meter la pata en todos los deberes y trabajos escolares.

—Te será difícil.

—Tú espera y verás.

—Me parece genial, de verdad. Eres un empollón.

—Lo sé.

—Te quiero.

—Y yo a ti. Adiós.

Janie cuelga y vuelve a reírse.

La segunda hora de Psicología es un latazo. Janie aturulla al señor Wang con una pregunta sobre los sueños, solo por divertirse. Como lo deja tartamudeando, no llega tarde a Química 2.

En la semana de la fiesta, continúa interpretando el papel de mujer desdeñada frente al señor Durbin, que parece tragárselo todo. De hecho, cuanto más lo evita, más excusas saca él para entretenerla después de clase.

Ella guarda las distancias y él no para de hacer ponderaciones: de sus exámenes, sus experimentos, sus blusas…

1 de marzo de 2006, 10:50

—Entonces el sábado vendréis una hora antes de la fiesta, ¿no? —le pregunta después de clase.

—Claro, en eso quedamos. Stacey y yo llegaremos a las seis.

—Estupendo. Espero que sepas que no habría podido organizar esta superfiesta sin ti.

Janie sonríe con frialdad y se dirige a la puerta.

—Claro que habría podido. Usted es Dave Durbin.

Sale y se encamina a Lengua, con el aburrido del señor Purcell, personificación de la moralidad.

La hora de estudio es un asco. Janie solo consigue un montón de datos sobre un montón de tonterías oníricas, y encima, cuando levanta la cabeza, oye que Stacey le pregunta muy intrigada:

—¿Estás bien?

Janie carraspea al tiempo que un gran estruendo llega del lado izquierdo de la biblioteca. Stacey se gira como una peonza y se queda boquiabierta. Janie no puede ver lo que ha ocurrido pero, en cuanto recobra la sensación en los labios, sonríe. «Cabel ha entrado en acción», piensa agradecida.

Se sienta muy derecha, como si viera, y, en realidad, su visión está volviendo. Tose y carraspea de nuevo, y Stacey se gira para mirarla otra vez.

—¡Caray, qué patoso! —comenta—. Bueno, el caso es que venía a ver si lo del sábado a las seis sigue en pie.

—Claro —contesta Janie—. Tú y yo vamos antes a casa de Durbin para ayudarle a preparar las cosas. Vaya, si te parece bien.

Stacey la mira intrigada.

—¿Por qué no iba a parecérmelo?

—Ni idea, pero en estos tiempos hay que andarse con ojo, ¿no?

Stacey se ríe y contesta:

—Sí, claro. Ya hemos decidido lo que llevaremos de comer. Espero que tenga suficientes enchufes, porque va a haber un montón de ollas eléctricas. En fin, si no, unos cuantos mecheros Bunsen...

—¡Muy bueno! Oye, yo tengo una lista de dulces y de cosas para picar, y Phil Klegg va a hacer un postre que llama «tarta de todo», no quiero ni pensar lo que le echará.

Charlan un poco más de la fiesta y de la feria de Química. Cuando suena el timbre, Stacey se va a todo correr. Janie escudriña entre los estantes y, una vez que la biblioteca se vacía, se acerca a la mesa donde está Cabel.

—¿Sigues de una pieza? —le pregunta riéndose.

—¿Yo? Pues claro, pero es posible que me tengas que llevar a cuestas.

—¿Qué ha pasado?

—Maniobra de distracción.

—Eso ya me lo he supuesto.

—Tropezón con una silla y enciclopedias al suelo.

—Ya veo. Pues no sé cómo darte las gracias.

—Sí sabes. Ayúdame a catear unos cuantos exámenes, a ver si me libro del discursito.

—Lo que tienes que hacer es decirle a Abernethy que no puedes destrozar la reputación de tarugo que tanto te ha costado conseguir.

—Catear es más «díver».

Janie menea la cabeza y se ríe.

—Quizá las primeras veces, pero no creo que puedas mantener el ritmo.

—Me arriesgaré.

Janie pone los brazos en jarras.

—Vale. Como mucho, mucho, serás capaz de catear cuatro exámenes. Nada más. Apuesto por eso. El ganador lo paga todo en nuestra primera cita de verdad.

—Trato hecho. Empieza a ahorrar.

LISA McMANN

COMIENZA EL ESPECTÁCULO

3 de marzo de 2006, 10:04

El aula de Química 2 bulle de actividad y los alumnos hacen más gansadas que de costumbre. El señor Durbin los deja a su aire. A todos les ha ido bastante bien en los últimos exámenes, la feria de Química resultó mejor de lo esperado y todo el mundo está contento con la fiesta del día siguiente. Hasta Durbin está algo atolondrado. En la clase hay tal barullo que el señor Crater abre la puerta y asoma la cabeza.

—Se acerca la fiesta, ¿no? —comenta observando a los alumnos.

—Es mañana por la noche, Jim —responde el señor Durbin—. Si tu señora te deja salir, pásate un rato —añade entre risitas.

Janie entrecierra los ojos al oír el comentario, pero vuelve a mirar su libro de texto. Está buscando una fórmula, la de una de las drogas para violaciones. Ya suponía que no iba a encontrarla en un libro escolar, pero quizá diera con alguna pista.

Sin embargo, cuando el profesor empieza a recorrer la clase, pasa las páginas hasta la lección que están dando y finge que la lee. Durbin se detiene un momento a su lado, pero ella lo ignora. Él sigue con su paseo.

En Educación física llevan en la sala de musculación cuatro semanas a fin de aprender las posturas correctas para levantar pesas, con máquina o sin ella. Lerdo, alias señor Crater, llama a Janie al frente de la clase para ayudarle en la demostración.

—¿Cuánto peso quieres, monada?

Janie lo mira de hito en hito.

—Bueno, señor, supongo que eso depende del ejercicio que vaya a hacer.

—¡Exacto! —responde él, como si le hubiera hecho la pregunta para que se devanara los sesos. La expresión de Janie permanece inalterable—. ¿Qué tal *press* de banca?

—¿Con barra o en máquina?

—Ohhhh, qué listísima que es. Empecemos con barra.

Janie sigue mirándolo de hito en hito.

—¿Será usted mi observador?

Él se ríe para la audiencia, como si estuviera haciendo un truco de magia.

—Por supuesto que lo seré.

Janie asiente.

—Muy bien. Cincuenta y cinco kilos.

Él se carcajea.

—¿No sería mejor empezar por veinte o así?

—Cincuenta y cinco está bien para un levantamiento.

Se agacha y añade ella misma las pesas. Los alumnos se lo pasan bomba viendo las caras del profesor.

Janie asegura las pesas y se tumba en el banco, con el tórax debajo de la barra.

—¿Preparada? —dice Crater.

Janie espera a que se coloque detrás de su cabeza, en la posición del observador, y agarra la barra. Cierra los ojos, se concentra y respira, hasta que solo oye su propia respiración. Luego empuja la barra, la sujeta en alto un momento, la baja hasta su pecho y empuja hacia arriba con todas sus fuerzas. La mantiene en alto unos segundos y, por último, la deja suavemente en el soporte.

—Cuarenta kilos para repeticiones —dice quitando pesas. Después se tumba de nuevo, hace ocho repeticiones, deja la barra en su sitio y solo entonces vuelve a sintonizar con el aula, que está en completo silencio.

Crater continúa en su puesto de observador, mirándola estupefacto. Janie se pone en pie y va al fondo de la clase. Con los ejercicios siguientes, consigue hacer la mitad de su tanda diaria.

—Gilipollas —masculla en dirección al profesor cuando se marcha al acabar la clase.

—¿Qué?

Ella sigue andando.

Tras cinco minutos en el aula de estudio, un papel doblado procedente de Cabel la golpea en la oreja. Janie pone los ojos en blanco y lo abre.

«Stacey», dice.

Levanta la vista. Stacey tiene la cabeza apoyada en su libro y los ojos cerrados. Janie se muerde los labios y asiente en dirección a Cabel, que le sonríe para darle ánimos.

Janie está orgullosa por lo de Educación física, se siente fuerte, ha dormido bien, ha comido bien... Ahora debe pensar en Stacey...

Se agarra al salpicadero. Stacey conduce tan a lo loco como siempre. Desde el asiento de atrás el gruñido, las manos que buscan su cuello, lo rodean, lo aprietan.

Janie se pregunta si debe intervenir en ese momento o no. Decide hacerlo, por si Stacey se despierta antes de llegar al bosque.

Abre y cierra las manos para que no se le entumezcan y se concentra en pausar el sueño. Cuando lo ralentiza, intenta volverse para ver al hombre, pero el sueño se acelera de nuevo.

No puede hacer las dos cosas a la vez. Se concentra en detener la escena, aunque sabe que su poder es limitado. Con un gran empujón de energía consigue que se lentifique y se pare. Entonces gira la cabeza poco a poco. Ve la expresión aterrada del rostro de Stacey, ve las manos del hombre aferrando su cuello, ve sus brazos y después, muy despacio, logra girar la cabeza lo suficiente para verle la cara.

Lleva un pasamontañas.
Janie se desconcentra y el sueño recupera su velocidad normal. Golpean la cuneta, los arbustos… el coche vuelca y se detiene. Una ensangrentada Stacey sale por el parabrisas roto y corre hacia el bosque, perseguida por el violador. Janie está intentando detener de nuevo el sueño cuando el hombre la atrapa. Aunque se concentra con todas sus fuerzas no consigue nada. Stacey se tropieza, cae, y el hombre cae encima de ella. Entonces el sueño acaba de golpe, como otras veces.

Janie desearía cambiar ese sueño. Quizá lo consiga en la próxima ocasión.

Aunque lo que en realidad desea es que esa ocasión no llegue a producirse nunca.

Quince minutos después, cuando recobra la vista y la movilidad, la biblioteca ya se ha vaciado y Cabel pasa un momento abrazándola muy fuerte, aunque ella no puede repetirle lo mucho que eso la ayuda. Luego van juntos

TEME

al aparcamiento y él la lleva a casa. En cuanto la deja vuelve a por Ethel, como la vez anterior. Janie come y bebe, echa un vistazo a su madre y se queda dormida en el sofá.

Cabel está allí cuando se despierta; lee un libro, con los pies apoyados en la mesita de café.

—Hola —le dice Janie—. ¿Qué hora es?

—Las ocho de la tarde pasadas. ¿Cómo te encuentras?

—Bien.

—¿Está tu madre?

—En su cuarto, como de costumbre.

Cabel asiente.

—La comisaria quiere vernos mañana por la mañana para hablar de la fiesta de Durbin.

—Ya. Lo suponía.

—Estoy preocupado por ti, Janie.

—¿Por el sueño? Me costó mucho detenerlo.

—¿Lo lograste? Genial.

—Sí, pero no vi nada.

—Ah, bueno. Pero lo que a mí me preocupa es lo de mañana.

—Pues no te preocupes, por favor. No me va a pasar nada. Van dieciocho alumnos, Cabe, y te aseguro que no me pienso emborrachar. Tendré una cerveza en la mano, para que Durbin no sospeche, pero sólo fingiré beberla. Y comeré un montón antes de ir.

—Espero que Komisky haya preparado un plan de fuga. Llevarás el móvil, ¿no?

—Sí, y lo único que debo hacer para llamarte es pulsar un botón.

—Estaré cerca.

—No demasiado, Cabe, ¿vale?

Cabel arroja su libro sobre la mesa.

—Aún podrías dejarlo, Janie, ya lo sabes.

Janie suspira.

—Escucha, Cabe: No. Quiero. Dejarlo. Quiero hacerlo. ¡Quiero que pillen a ese tío! ¿Es que no puedes entenderlo?

Cabel se estremece.

—No puedo evitarlo. No puedo soportar que ese tipejo te toque, Janie. ¿Y si te pasara algo malo? ¡Es que no lo aguanto!

—Ya lo sé —contesta Janie, lo último que necesita en ese momento es una discusión, así que cambia de tema—: ¿Has traído a Ethel?

—Sí, está en el camino de entrada.

—Gracias. No sé qué haría sin ti.

—Yo en tu lugar no me preocuparía por eso.

Janie se apoya contra él y le acaricia el muslo.

—¿Por qué no te tranquilizas un poquito?

Cabel se relaja y gira entre sus dedos un mechón de los cabellos de Janie.

—Sí, bueno, es que me cuesta aceptar que algún día serás rica y famosa. Tendrás tu programa en la tele y la gente te cubrirá de oro para que le cambies los sueños. Sigo contigo por eso, que conste.

Janie se ríe.

—¿Te he dicho que hoy he levantado cincuenta y cinco kilos en el banco de pesas? Y después he llamado gilipollas al profesor.

Cabel ruge de risa.

—Es que lo es; y eso de cincuenta y cinco kilos suena a récord nacional o algo así. Es casi más de lo que pesas tú.

—El récord nacional para mi edad y mi peso está en unos cien kilos.

Después de charlar durante más de una hora, Cabel regresa a su casa. Han quedado en encontrarse al día siguiente en el despacho de Komisky.

Tras la marcha de Cabel, Janie saca su libro de Química y estudia con curiosidad uno de los capítulos. Luego navega por internet con su móvil hasta que encuentra la información que necesita sobre drogas para violaciones. A continuación se va a la cama.

4 de marzo de 2006, 09:00

Baker y Cobb se encuentran con Cabel y Janie en el despacho de la comisaría.

Esta repasa el horario de la tarde. Janie llegará a las seis con otra chica; el resto de los invitados, a las siete. Luego da a Janie un encendedor bonito y fino, de esos antiguos de tapa que han vuelto a ponerse de moda.

—No es un encendedor, Janie —explica—. Si abres la tapa, enviará una señal a Baker y Cobb, que estarán cerca de la casa. Por si acaso se trata de un accidente, antes de intervenir te llamarán al móvil. No te alarmes si eso sucede. Contesta solo en el caso de que haya sido un accidente. Aunque bastará con que no saques el encendedor de tu bolsillo si no es necesario. Si no contestas, ellos se acercarán y te llamarán de nuevo. Si sigues sin contestar, entrarán a rescatarte. Dicho de otro modo: si tienes problemas, abre la tapa. Pon el móvil en modo vibración y llévalo en tu ropa interior si es preciso, pero debes contestar si no pasa nada. Si no contestas, supondremos que hay problemas, ¿entendido?

—Sí, señora.

—Bien. Vamos a hablar de la bebida. Créeme, Durbin se ocupará de que todo el mundo tenga un vaso en la mano.

Janie la mira con recelo.

—No pensará arrestarme o algo así porque yo tenga el mío, ¿no?

La comisaria levanta una ceja.

—No, a menos que hagas alguna tontería. Tú también debes llevarlo para no levantar sospechas, pero recuerda que no conviene beber cuando se está de servicio.

—Vale… y no lo perderé de vista en ningún momento, ni aceptaré nada de una petaca, ni de la ponchera, ni haré mezcla alguna.

Komisky asiente, impresionada.

—Ya veo que has hecho los deberes sobre drogas para violaciones. Buen trabajo —felicita. A continuación saca un paquetito para análisis de drogas del cajón de su escritorio y se lo da—. ¿Sabes usar esto?

Janie sonríe, rebusca en su bolso y saca otro exactamente igual.

—Excelente —dice la comisaria—. Cabel, ¿cuál es tu cometido?

—Vigilar y sufrir, señora.

Komisky reprime una sonrisa.

—Si no supiera que te ibas a escapar, te haría quedarte en casa. En cualquier caso, mientras vigilas y sufres, toma nota de cualquiera que entre en la casa o salga de ella sin estar en la lista.

—Desde luego —responde Cabel.

—Baker, Cobb, ¿lo tenéis todo claro?

—Sí, comisaria —contestan los policías al unísono.

—Bien, pues vosotros dos podéis iros.

Ambos le dan palmaditas a Janie en la espalda y le dedican los pulgares en alto, como si fuese un colega más, antes de salir del despacho. Janie sonríe.

Komisky se vuelve para mirarla.

—Esta noche no conviene que te duermas; intenta evitarlo a toda costa. Sin embargo, como no puedes controlar los actos de los demás, no te dejes dominar por el pánico si algún sueño te atrapa.

Janie asiente.

—Y cuídate en todo momento, haz caso de tu instinto. Eres inteligente y tienes una intuición rayana en la adivinación. Sírvete de ella y todo irá bien. ¿De acuerdo?

—De acuerdo.

—¿Alguna pregunta?

—No.

—Bien. Llámame si se te ocurre alguna, y, Janie, lo digo muy en serio: usa ese encendedor del pánico si es preciso. No vayas de heroína ni intentes resolverlo todo tú sola. Trabajamos en equipo, ¿entendido?

—Entendido. Estoy preparada, comisaria.

—Una última cosa. Puede ocurrir que la fiesta de esta noche sea únicamente eso: una fiesta. Nuestro objetivo es encontrar y arrestar a un depredador sexual, no acosar a un tipo por servir unas cuantas bebidas alcohólicas a menores (ya le atraparemos por eso la próxima vez). Como he dicho, usa tu intuición y tu buen juicio.

—Lo haré.

—¿Alguna pregunta, Cabel?

—No, señora.

—Pues a la calle, entonces. Os veré en algún momento de las próximas veinticuatro horas, espero. Maldita sea, odio este trabajo.

10:09

Janie hace sus barritas de crema de menta y las mete en el frigorífico. Después desayuna. Cabel pasa por allí y se dedica a mirarla alicaído, sin decir palabra. Janie acaba por hartarse y mandarlo a su casa.

—Ten cuidado, cielo —dice él, besándola en la coronilla.

Janie no contesta.

Cabel se va.

14:32

Janie enciende su vela relajante y se sienta en la cama para meditar y prepararse. Repasa mentalmente sus notas y todos los sucesos que han conducido al día de hoy. Después recuerda la pesadilla de Stacey, paso a paso. Sabe que ese sueño tiene alguna relación con Durbin, pero ¿cuál? ¿Sería posible que la hubiese violado él? También piensa en Lauren. Le gustaría haberse concentrado más en los rostros de su fiesta onírica, pero estaban demasiado desdibujados. No obstante, si Lauren tenía pesadillas sobre una de esas fiestas, ¿por qué no demostraba ningún tipo de reparos ni de reservas ni de miedo por asistir a otra? ¿Y por qué no volvió a llamar la comunicante a Contradelitos?

Dormita durante una hora tratando de encontrar alguna conexión entre los sueños y la fiesta de esa noche.

No halla ninguna.

Al levantarse toma una ducha y se pone unos vaqueros ceñidos y un jersey de escote en pico. Se maquilla un poco y se hace una coleta con una cinta, dejando unos cabellos sueltos para que le enmarquen el rostro. Luego toma un vaso de leche con galletas y se lava los dientes. A continuación se da brillo de labios.

El espectáculo iba a comenzar.

17:57

—Voy hacia la casa. Luego nos vemos —dice al llamar a Cabel.

—Si en algún momento puedes llamarme... sin peligro... ya sabes... —la voz está cargada de ansiedad.

—Te llamaré si es posible. Te quiero, Cabe.

—Te quiero, Janie. Ten cuidado, por favor.

Ambos cuelgan. Es una noche bastante cálida para principios de marzo. La nieve ha sido reemplazada por patios embarrados, charcos y baches. Janie aparca en la calle, comprueba dos veces el contenido de sus bolsillos, agarra su postre, respira hondo y se quita el chaquetón, que echa al asiento del pasajero; no está de más tener una excusa para salir de la casa (ha comprado un paquete de cigarrillos para dejarlos en el bolsillo del chaquetón).

Luego cierra los ojos un segundo a fin de meterse en su personaje. Al apearse, ve la parte trasera de la furgoneta del agente Baker calle abajo; él enciende las luces de frenado a modo de saludo. Eso hace que se sienta más segura, así que sonríe en su dirección, sabiendo que él verá su sonrisa gracias a los potentes prismáticos. Cobb ha aparcado en la calle paralela, desde donde ve la fachada trasera de la casa. Janie no busca a Cabel, porque sabe que está a la vuelta de la esquina.

Cierra la portezuela del coche y se adentra en el camino de acceso de Durbin, esperando que Stacey llegue pronto. Cuando llama a la puerta, el profesor abre enseguida y la hace pasar.

—Hola, Janie —dice.

—Hola, señor Durbin. ¡Qué buena pinta tiene esto!

—Janie mira en derredor. Durbin ha recolocado los muebles, puesto sillas plegables y añadido dos mesas auxiliares al gran salón.

—Igual que tú, Janie —responde él mirándola de arriba abajo—. Me gustaría que fuera del instituto me llamaras Dave.

Cuando Janie se vuelve para mirarlo, advierte que él no quita ojo a su escote.

—Dave —repite—. Debería meter esto en la nevera —añade enseñándole el postre—. ¿Te importa que fisgue por tu cocina para saber dónde están las cosas? Así podré ayudarte a repartir la comida y la bebida cuando venga todo el mundo.

—Mira cuanto quieras —dice él sin pizca de aprensión.

«Un objetivo conseguido», piensa Janie. Él la sigue y le enseña dónde guarda los platos, los vasos, los cubiertos y las servilletas.

—El frigorífico está de bote en bote, pero en este estante de abajo queda algo de sitio, si cambias algunas botellas de cerveza… —Durbin se queda en pie a su lado mientras ella se agacha para guardar el postre—. ¿Quieres algo de beber? ¿Una cerveza? Además, estoy haciendo ponche.

—Cerveza, gracias. ¿Quieres tú?

—Sí, por favor.

Sobre la puerta del frigorífico hay dos fotos del señor Durbin sujetas con imanes. ¡Y un imán con el número de Dinero Rápido Contradelitos! El corazón de Janie se desboca. «Se jorobó él solo», piensa recordando la voz anónima que probablemente hizo la llamada al ver ese número.

Saca velozmente dos cervezas. En el momento en que Durbin le indica dónde está el abrebotellas, el señor Wang entra en la cocina descalzo y con el pelo húmedo.

—Señor Wang —dice Janie, intentando disimular la sorpresa—. No sabía que ya estaba aquí.

—Señorita Hannagan —contesta Wang con una inclinación de cabeza.

El señor Durbin sonríe burlonamente.

—Qué formales los dos. Llamaos Chris y Janie, hombre. Janie, ¿te importa darle a Chris una cerveza? Tengo que acabar el ponche. Chris ha venido antes para ayudarme con las sillas y las mesas, pero después hemos acabado jugando al baloncesto, uno contra uno.

—Ya veo. Pues me alegro mucho de verte, eh… Chris —dice Janie guiñándole un ojo, a lo que Wang reacciona con cierto nerviosismo.

—Lo mismo digo, Janie.

Esta le da una cerveza. Wang mira a su alrededor por si puede hacer algo pero, al no encontrar nada, regresa al salón con aspecto abatido y empieza a revolver los cedés.

—Yo de pinchadiscos, como siempre —rezonga.

El timbre suena y Stacey se franquea el paso a sí misma profiriendo un agudo:

—¡Yujuuu!

Janie levanta una ceja.

—¡Hola, Stacey! —la saluda cuando ella deja su olla eléctrica en la mesa de la cocina.

—¡Janie! —Stacey ya olía a cerveza—. ¿Lista para el festejo?

El señor Wang, que había puesto a Coldplay, sube el volumen.

—Pues claro —contesta Janie, alzando su cerveza. Se pregunta cuánto tendrá que desmadrarse la fiesta para que Wang empiece con el *hip hop*.

Lleva los vasos y las servilletas de papel al salón, donde Durbin vierte una botella de zumo de arándanos en una ponchera que contiene un líquido transparente; añade además una botella de refresco de pomelo. Janie prepara la mesa y vuelve a la cocina para recoger hielo y echárselo al ponche.

Luego abre el paquete de servilletas y las coloca en espiral.

—¿Qué va en la otra mesa? —pregunta.

Durbin remueve el ponche con un cucharón.

—Supongo que la comida. ¿Quieres hacerte cargo? —dice echándose un poco de ponche en un vaso. Tras probarlo, asiente complacido.

—Claro. Traeré lo de la cocina —contesta Janie.

—Si quieres, tengo un delantalito que te puedes poner —sugiere él para que solo ella lo oiga.

Janie levanta una ceja y lo mira. El profesor sonríe.

Stacey se acerca a la mesa del ponche.

—¿Es igual que el de la última fiesta, Dave? Debería probarlo, ¿no crees? —pregunta con mirada inocente.

—Sin duda alguna —dice él llenándole un vaso.

Janie vuelve a la cocina y reparte los aperitivos en boles de distintos tamaños. Cuando los lleva a la mesa, el señor Wang también se sirve ponche.

—¿Quieres probarlo, Janie? —Durbin le ofrece un vaso.

—Cuando me acabe la cerveza, mejor. ¿Qué lleva?

—Una chispa de vodka, nada más. Ni siquiera se nota.

—Pero se siente —dice Stacey soltando risitas.

El señor Wang empieza a relajarse y a las siete él, Durbin y Stacey bromean tranquilamente.

Janie aprovecha la ocasión para tirar parte de su cerveza al fregadero. Casi de inmediato empiezan a llegar invitados y no dejan de hacerlo hasta el cabo de una hora, tiempo en el que Janie ejerce de ama de casa.

20:17

La fiesta se anima por momentos. Janie trabaja en la cocina, preparando los platos que han llevado los alumnos. Pone los aperitivos en la mesa del salón y en un momento dado saca la excusa de buscar un alargador para echar un vistazo a las demás habitaciones.

Está en el despacho que hay detrás de la cocina cuando Durbin la encuentra.

—¿Qué tramas, preciosidad?

Janie se vuelve y le sonríe, disimulando el sentimiento de culpa por el fisgoneo.

—Estoy buscando un alargador, para mantener calientes los aperitivos. ¿Tienes alguno a mano?

Él se le ha acercado mucho.

—En el sótano —contesta—. Ven, te diré dónde —añade con voz insinuante.

Janie se lame los labios y le mira a los ojos.

—De acuerdo —dice tranquila, aunque el corazón le late locamente.

La puerta de bajada al sótano está en la cocina. Es una estancia muy bien acondicionada, con un bar, una gran pantalla de televisión y dos sofás enormes y mullidos. Janie sigue a Durbin hasta un cuarto trasero con una mesita de trabajo, donde descansan un mechero Bunsen y varios matraces y vasos de precipitados. En los estantes hay una gran variedad de productos químicos. Janie se acerca a mirarlos.

—¡Hala, qué suerte! Yo quiero un laboratorio casero —dice en tono quejoso.

Él se acerca y le apoya la mano en la cintura, frotándole suavemente el costado con el dedo pulgar. Janie se apoya levemente en el profesor mientras escudriña los estantes.

En ese momento Durbin le tira del brazo y exclama:

—¡Vamos a rular por ahí!

Suben las escaleras hacia la música, que vuelve a estar a todo trapo.

—Toma el alargador —añade tendiéndoselo—. Y deja ya de trabajar y vente con nosotros, hombre, que estamos en una fiesta —la regaña, regalándole una sonrisa y un pellizco en el trasero—. Y prueba el ponche, Janie, seguro que te animas.

Después, deja su vaso de papel en la cocina y vuelve al salón. Una vez que Janie coloca los cables de manera que nadie tropiece, mira en derredor para comprobar que no la ven, agarra el vaso y va derechita al baño.

Hay una oportunidad y no piensa desaprovecharla.

Recorre a hurtadillas el vestíbulo, atisba el penumbroso cuarto, se cuela dentro y cierra la puerta. Enciende la luz y saca un paquetito de su bolsillo. Lo rasga, extrae un círculo de papel y gira el vaso encima para que una gota de los restos de ponche caiga sobre el círculo.

Una vez que cae, Janie espera.

En treinta segundos está seco.

Y no ocurre nada.

Saca otro círculo de papel y lo intenta de nuevo.

Nada.

—Humm —dice. Dobla los papeles y se los mete en el bolsillo, devuelve el paquete al otro bolsillo, recoge el vaso y su cerveza y vuelve a la cocina.

Tira el vaso al cubo de basura y mira rápidamente el interior. Hay dos botellas vacías de vodka Absolut de tres cuartos. Cierra el cubo y se lava las manos. Del salón llegan música y risas.

21:45

Janie se aburre y se muere de sed. El agua mineral está abierta, dos botellas de litro a las que nadie hace caso. Puede que esté paranoica, pero tampoco se fía del agua corriente, porque los grifos llevan filtros purificadores. Mira la botella de cerveza tibia a medio beber que sujeta en la mano. Quizá sea la única bebida segura de la casa, ya que no la ha soltado desde que la abrió.

Muchos alumnos han bajado al sótano para ver un partido de baloncesto, pero casi todas las chicas siguen en el salón, muy entretenidas con los pasos de baile que les enseña el señor Wang. Además, hay cuatro sentadas en el suelo jugando al póquer. La comida está prácticamente sin tocar, aunque casi todo el mundo tiene una cerveza o un vaso de papel en la mano. Janie pincha una albóndiga con un palillo y la mordisquea. Está deliciosa, pero lo único que consigue al comérsela es aumentar su sed.

En ese momento el señor Durbin sale de la cocina con otro bol de ponche recién hecho y se lo ofrece a los asistentes. La mitad de las chicas se arremolinan a su alrededor con los vasos en alto. Él sirve con prodigalidad, también para sí mismo y para el señor Wang, quien, sudoroso por el baile, se lo bebe de golpe y alza el vaso en honor de Janie. Esta se ha apoltronado en uno de los sillones y charla con Desiree, que está achispada pero no borracha y resulta realmente divertida; a Janie le cae cada vez mejor.

El señor Wang se sirve un vaso de ponche y se lo lleva a Janie.

—Para ti —dice. Sus negros ojos centellean. Se sienta a su lado y se deja caer sobre el respaldo cerrando los ojos.

—¿Un día largo, Chris? —pregunta Janie cuando Desiree se levanta para rellenar su vaso.

Él abre perezosamente un ojo.

—Largo y duro —responde con picardía.

Janie asiente.

—Gracias por esto —dice señalando el vaso de ponche. Después atiende a la música, son los Black Eyed Peas—. ¿Hay algo de Mos Def?

—¿De Demóstenes? —pregunta Wang, riéndose de su propia y estúpida broma. Luego se tambalea—. ¡So!

—murmura sujetándose al muslo de Janie—. Lo reservo para luego. Eh, anímate, princesa —dice mirándola con cara guasona—. Tú tienes pinta de empinar el codo a base de bien en este tipo de fiestas. Ya sabes, copas gratis —añade inclinándose para olisquearle el cuello—. Hueles de maravilla —sentencia apoyándole la sudorosa cabeza en el hombro.

«¿Que tengo pinta de borracha y de gorrona?», Janie está que trina. No lo puede evitar. Le encantaría darle una buena patada en el trasero.

—¡Cristo bendito! —refunfuña—. Quieres saber cómo viven los pobres en las caravanas, ¿eh?

—En todas no, solo en la tuya —precisa Wang arrastrando las palabras.

—Entonces espérame aquí —Janie se quita la cabeza sudorosa del hombro haciendo todo lo posible por disimular la repugnancia—. Enseguida vuelvo.

—Qué bien —contesta él risueño.

Janie se abre camino hasta el baño con el ponche sin tocar en la mano y se pone en la cola. Desde allí oye el ruido de una docena de pies subiendo por la escalera del sótano y la voz del señor Durbin diciendo a los chicos que se animen a comer algo, que las chicas no prueban bocado. Cuando le llega el turno, Janie se encierra en el baño y repite el análisis.

Echa una gota al papel.

Espera treinta segundos.

Ve que el papel se vuelve azul.

Le da un vuelco el corazón.

«Rohipnoles o similar», se dice.

Arroja el ponche al inodoro y tira de la cadena.

Luego registra los cajones y los armarios en busca de frascos con líquido, polvos o comprimidos, sin encontrar nada. Podría llamar ya a los polis, pero no tiene pruebas de que el autor sea Durbin. ¿Y si quien ha llevado la droga es algún alumno? Si pudiera encontrarla... Recuerda el último caso, lo mal que les sentó a Cabel y a la comisaria que Baker y Cobb irrumpieran en la fiesta antes de que Cabel averiguara el paradero de la cocaína. Ella necesita pruebas. Quiere hacer las cosas bien. «Todavía es pronto», piensa mientras busca entre las cosas del profesor, «la encontraré».

Registra los dos dormitorios cercanos. Nada de nada.

«El sótano», se dice.

Hace calor y la sed empieza a resultarle muy molesta. Toma un sorbo de la cerveza que aún lleva en la mano, está caliente y sin gas, pero tendrá que bastarle. Komisky no podría reprocharle que intentara hidratarse, ¿no? Se está comportando de manera inteligente, sabe por experiencia que puede tomarse dos cervezas sin que la afecten.

Pasa al lado de unos cuantos chicos que hablan en la cocina y baja al sótano. La tele y las luces están encendidas, pero el sitio en cuestión está desierto. Janie espera que siga así. Se cuela en la habitación oscura con la mesa de laboratorio y las estanterías, y mira las etiquetas de los frascos, apartando los grandes en busca de otros más pequeños, pero no ve nada sospechoso. Frustrada, da media vuelta y regresa a la cocina, donde tira los restos de la cerveza al fregadero. Tras sacar una nueva del frigorífico, se hace con un plato de papel, lo llena de alimentos y toma largos y sedientos tragos de cerveza entre las albóndigas y los palitos de verdura. «Tiene que estar por alguna parte», piensa. «¿En el dormitorio de Durbin? Pero la puerta está cerrada y para entrar hay que pasar por el salón: me verían. Además, ¿y si él está dentro?».

Se mete media albóndiga en la boca y mastica. Deliciosa. Luego entra al salón picoteando un palito de zanahoria y se queda de pie entre el gentío, en un sitio adecuado para comer y pensar.

La gente empieza a desmadrarse.

Ella masca mientras, con los ojos entrecerrados, busca a los profesores. El clamor de las voces aumenta por segundos. La música retumba en los oídos.

Janie se concentra en su reloj. Enfoca la esfera, 23:08.

23:09

Estrujándose entre dos tipos, sin soltar su plato de comida y su cerveza, descubre lo que miran algunos con tanto interés.

Contempla la escena. Empieza a sentir los efectos de la cerveza, aunque de la primera ha bebido muy poco y de esta solo lleva la mitad. De todas formas, tiene que calmar la sed y tiene que seguir investigando, así que se la acaba y sigue comiéndose lo que le queda en el plato a toda prisa.

Mira la ponchera, casi vacía. Los chicos están desperdigados por el salón, la mayoría dándose el lote. Los solitarios parecen medio idos. En mitad del cuarto, donde se dirigen los ojos de muchos, están el señor Wang y Stacey, bailando de forma muy, pero que muy provocativa. Wang se ha quitado la camisa para lucir sus sudorosos músculos, y Janie recorre su cuerpo con la mirada, asombrándose al encontrarlo tan atractivo tan de repente.

Stacey está como una cuba, apenas se tiene en pie. Janie se promete vigilarla. La gente lame los restos de la ponchera, como si se tratara del manantial de un oasis. El señor Durbin sale de la cocina con otra llena.

Janie deja vagar la mirada mientras acaba de comer. Está cansada pero tranquila. Relajada. Los alumnos que no se manosean se abren camino por el salón para bajar de nuevo al sótano a ver la tele. A Janie le zumba la cabeza. No entiende por qué, en realidad ha tomado muy poco alcohol. Se dice que debería comer más, para matar el zumbidillo.

Ya en la cocina, mientras se llena el plato por segunda vez, la cabeza le da vueltas y tiene que apoyarse en la encimera hasta que se le pasa.

La ronda un pensamiento. Tenía que hacer otra cosa. Se lo imagina.

¡Ah, mirar encima del frigorífico!

Hay una lata de quitapinturas y una botella de lejía Demonio Rojo.

«Eso es… algo», piensa cerrando con fuerza los ojos para concentrarse, pero la cabeza no le funciona bien. «Eso era… era…», sabe que debería recordarlo, pero ahora ya no sabe por qué.

El zumbido se ha intensificado y Janie es incapaz de decidir si le gusta o no. Se sienta en el suelo y engulle la comida para dejar de dar vueltas y de zumbar. Cuando acaba de comer siente sueño. «Debo llamar…», el pensamiento aparece de pronto y se va con la misma rapidez con la que ha aparecido. Cuando alguien tropieza con su pierna, Janie se levanta como puede y se queda en pie, tratando de recordar por qué se ha levantado. Sacude la cabeza para aclararse, pero se marea y tropieza con alguien que le resulta vagamente familiar. Se ríe de sí misma al recordar lo que debía hacer: tirar el plato a la basura. Dos puntos.

Cuando empieza a caminar la piel le cosquillea. Mira a los alumnos de los sofás, concentrados en distintas fases del acto sexual. Los mira con curiosidad, pensando que quizá se haya colado en el sueño de alguien. Recorre a trompicones la gran habitación; sabe que si está en un sueño, nadie más que el soñador podrá verla. Stacey y el señor Wang han desaparecido. ¡Qué mal, le habría gustado verlos bailar otro poco!

Doce y pico de la mañana. Janie no puede apartar los ojos del reloj, porque no comprende bien la posición de las manecillas.

Al producirse un alboroto en el salón, se incorpora tratando de recordar dónde está y qué hace allí. Y cómo ha llegado allí, en primer lugar. El señor Durbin está al lado de la puerta dándole una bebida al señor Crater, que se la toma de golpe. Janie se queda impresionada. «Encima es mono», piensa. Sigue teniendo sed. Va a la cocina, mira en el frigorífico y ve su postre.

—Eh —dice con la lengua extrañamente pastosa—. Debería haberlo sacado.

Intenta agarrarlo pero falla. Lo consigue al segundo intento mientras alguien le manosea el trasero.

Se yergue y deja el postre en la encimera, para que no se le caiga.

—¡Hala! —exclama riéndose.

—Mmmm —dice Durbin—. Toma, te he traído algo de beber. Pareces sedienta.

«Este también habla raro», piensa. Debía de ser su sueño. Janie recuerda que debería alegrarse por haber entrado en un sueño de Durbin, pero no recuerda por qué.

Sonríe agradecida.

—Muchísimas gracias —dice sosteniendo el vaso en alto, pensando que ella sabe algo raro sobre aquella bebida, pero la sed apremia—. ¿No están las cositas por aquí un poco torcidas? —pregunta riéndose, como si fuera la ocurrencia más graciosa de toda su vida, y se lleva el vaso a los labios. El ponche cae por su garganta, maravillosamente fresco—. Creí que ya no quedaba. ¡Mmm, qué rico!

En ese instante Durbin la empuja contra la encimera y la besa. Janie siente otra lengua caliente junto a la suya y devuelve el beso, porque le parece lo correcto. Su mareo aumenta.

—Tengo que irme —dice de pronto, apartándose.

—No, no tienes que irte.

—Al baño, quiero decir —añade muy seria.

—Hay uno en mi dormitorio —sugiere Durbin con ojos de salido.

—Ah, estupendo. ¿Sigues teniendo esa revista porno en la mesilla? —Janie se pregunta demasiado tarde si sería bueno o no decirle eso.

—Tengo montones de ellas. Aunque contigo presente no las necesito, la verdad.

—Ah.

Lo sigue a través de un gentío aturdido y semidesnudo. Él se detiene para llenar dos vasos de ponche y darle uno. De camino al dormitorio, saludan a Crater.

—Oye —dice Janie volviéndose hacia Durbin—, ¿no estaba Stacey por aquí? ¿Antes?

—Sigue aquí, Janie —responde él despacio, como concentrándose en hablar bien—. Está tirándose a Chris en otro dormitorio, así que nosotros podemos follar en este.

Sus palabras, dichas sin duda a cámara lenta, convencen a Janie de que se encuentra en un sueño.

Cuando Durbin la lleva al baño, Janie decide cerrar la puerta. Aunque no le apetezca nada, la verdad, es mucho trabajo. Además, le pasa algo raro: si se trata del sueño de Durbin, ¿cómo es que está en una habitación donde no puede verlo?

Se sienta en el inodoro. La cabeza le pesa una tonelada. Sospecha que algo no va bien, pero no sabe qué es. Pasa allí largo tiempo, medio dormida, tan calentita y tan relajada que se habría dormido del todo si su cabeza no hubiera intentado pasar revista a un torbellino de recuerdos que aparecía y desaparecía a lo loco.

Oye que alguien llama a una puerta, muy lejos.

—Vete a casa, Carrie —balbucea.

No consigue abrir los ojos.

Se inclina a la derecha, donde encuentra una agradable y fresca pared para descansar la mejilla.

Otro ruido, pero esta vez es el motor de un coche conducido por Stacey. Enseguida ve las manos procedentes del asiento trasero, las que intentan estrangular a su compañera. «¡Qué manos más *sexies*!», piensa.

—Venga, Janie, sal, no seas tímida —oye muy lejos.

—¿Qué?

—Sal, cariño. Te estamos esperando.

Debía de ser Cabel. Era un dormilón. Pero entonces recuerda que está sentada en la tapa del inodoro. Tiene mucha sed. La leche siempre le da fuerzas. Se levanta e intenta salir pero no hay puerta; no hay más que pared. Se rasca la cabeza.

Mira a su alrededor.

Se ríe.

La puerta está en la pared de al lado.

La empuja a topetazos pero, al no lograr que se mueva, prueba a tirar de ella. Al abrirla por fin, se fija en que el señor Durbin está en la cama con tres alumnas a las que él mismo quita la ropa.

La escena le parece fascinante.

Sin embargo, como recuerda que quiere leche, sale a hurtadillas del dormitorio intentando no tropezarse con nada.

El señor Wang, en ropa interior, está junto a la puerta corredera de la cocina, tomando el aire.

—Genial —dice Janie, y aspira con fuerza.

Huele a humo de cigarrillo.

Se queda allí, con la cabeza dándole vueltas. La asalta otra vez esa sensación tan rara.

El señor Crater se acerca a ellos mientras Janie trata de recordar para qué ha ido a la cocina.

—Vaya, estás aquí, monada —dice el profesor de Educación física.

Es una sorpresa que lleve vaqueros y camisa, aunque la última está desabrochada para hacer alarde de vello torácico.

Janie mira en derredor. Regresa al salón y mira también. Todo el mundo está medio desnudo. «¡Qué cosas!», piensa y vuelve a tomar el aire.

Entonces el señor Crater la agarra por los hombros, la gira hacia él y le planta un gran y baboso beso en la boca. Luego se acerca trastabillando a la mesa de la ponchera.

Janie recuerda que a ella no le gusta Crater… pero lo mismo no es verdad.

¡Es tan difícil saber qué es verdad y qué no lo es!

Huele de nuevo a humo de cigarrillo y siente la necesidad de salir a fumar, así que cruza la puerta.

El porche está oscuro. El señor Wang la sigue al exterior, luciendo sus Calvin Klein. Janie respira el aire frío y se agarra con fuerza a la barandilla cuando Wang empieza a tocarla.

—He olido humo —explica, pero no ve a nadie fumando.

En ese momento Crater sale también. El señor Wang la besa en el cuello y Crater le dice lo *sexy* que es y no sé qué del banco de pesas.

Por fin, Janie recuerda por qué lo odia.

Y recuerda que olía a humo pero que no hay nadie fumando.

Entonces, mientras los dos hombres la besan y la toquetean, la señora Stubin aparece en su mente.

Le dice algo.

Janie se esfuerza por escucharla, porque recuerda que aquella anciana sí le gusta.

«Cigarro», dice en la mente de Janie.

—Necesito un cigarro —susurra Janie.

«Usa tu encendedor», añade la señora Stubin, «está en tu bolsillo».

—Necesito un cigarro —repite Janie más alto—. Pero ya.

El señor Crater vuelve a entrar y sale con un canuto.

—¿Qué tal esto, monada?

—Vale.

Encogiéndose de hombros, Janie sujeta el porro y busca en su bolsillo. No sabía que llevara un mechero, quizá la señora mayor se lo puso allí.

Y entonces entiende las palabras de Crater-Lerdo.

A Janie.

No le gusta.

Que la llamen.

Monada.

Se apoya en la barandilla, se quita de encima del pecho la mano de Crater, le retuerce el brazo para que él se gire y mire en dirección contraria y le patea con fuerza en los riñones.

—No vuelva a llamarme «monada» —dice con suavidad—. Nunca más.

Él se resbala y aterriza con un golpetazo sobre el porche, gimiendo.

Janie saca el encendedor de su bolsillo mientras el señor Wang la mira boquiabierto. Ella examina el porro, se lo pone entre los labios y abre la tapa.

Intenta encenderlo.

No sale llama alguna.

Lo intenta de nuevo.

El señor Wang está confuso, los mira alternativamente, a ella y a Crater, que gruñe pero apenas se mueve.

—Si no me das ahora mismo un mechero que funcione, te hago picadillo —le dice a Wang y se sienta de golpe en el porche, exhausta. Cuando le empieza a vibrar la cadera, piensa que es otra cosa rara de las muchas que están pasando esa noche.

Observa al señor Crater. Está tendido en el suelo cuan largo es y extiende las manos hacia una de las piernas de Janie, que lo mira todo como si no fuera con ella. Sin embargo, le fascinan los dedos, le parecen muy extraños, como animalitos que se movieran por cuenta propia.

Crater lleva un anillo cuadrado, poco corriente. A Janie se le antoja, más o menos. Queda bien, como si se perteneciera a alguien.

El señor Wang regresa con un encendedor cuando la cadera de Janie vibra de nuevo. Lo mismo le tienen que amputar toda la pierna, piensa con tristeza. Eso sería un verdadero asco.

Enciende el canuto e inhala el humo, lo mantiene un poco en los pulmones y lo expele lentamente. El señor Wang se deja caer en el porche, a su lado, y se pone a besarla en el escote.

Janie decide que aquello no le gusta. Ese tío está enmedio cuando ella está tratando de fumarse un porro, coño.

Hace el signo de la paz con los dedos, maravillándose por tener dedos. Cuando el señor Wang le agarra un pezón con la boca, ella se los clava en los globos oculares.

Lo aprendió en algún sitio.
No sabe dónde.

El señor Wang balancea locamente el puño mientras grita de dolor. El puñetazo que Janie recibe en el mentón le estampa la cabeza contra la barandilla y la deja sin sentido. El porro sigue consumiéndose entre sus dedos.

NO TAN BIEN

5 de marzo de 2006, 06:13

Janie sueña el sueño de Stacey una y otra vez, y sueña que es incapaz de salir. Lo intenta, con todas sus fuerzas, pero está atascada en el violador del asiento trasero.

Una y otra vez el sueño se detiene en las manos del hombre. Entonces lo ve.

Se despierta al fin jadeando y se sienta de golpe pese al embotamiento.

—¡Ay, Dios! —susurra. Apenas tiene voz y aún no puede ver, pero alguien le habla, le frota las manos y los brazos, la calma con la voz. Janie respira con dificultad y está llorando, porque lo único que desea es abrir los ojos aunque ya estén abiertos—. ¡Necesito mis gafas! —exclama con voz rota—. ¡No veo!

—Janie, soy yo, Cabel. Estoy contigo. Tengo tus gafas y tú podrás ver dentro de nada. Estás a salvo… —su voz se quiebra y tiene que hacer una pausa—. Estás a salvo. Échate hacia atrás y descansa. Espera a que pase. Verás sombras en un minuto, después todo volverá, ¿vale?

Janie se deja caer hacia atrás.

Tiene escalofríos pero no sabe por qué.

Intenta respirar, una vez, dos.

—¿Qué hora es? —pregunta.

—Las seis y cuarto.

—¿De la mañana?

—Sí, de la mañana.

Otra respiración.

—¿De qué día?

Hay un breve silencio.

—Del domingo por la mañana, cariño, cinco de marzo.

—¿Está Stacey O'Grady en esta habitación?

—No, cielo. Está abajo, en el vestíbulo.

—¿Está cerrada la puerta?

—Sí.

Janie no entiende nada, su cerebro sigue tan negado como sus ojos. Después, poco a poco, van volviendo cosas, y sabe que hay dos muy importantes que se encargó recordar a sí misma, incluso en los momentos de menos control.

—¿Cabel?

—Dime.

—GHB, éxtasis líquido. Durbin lo hace él mismo con quitapinturas y lejía, supongo. Yo no le vi hacerlo, pero tiene los componentes y, por supuesto, la habilidad —Janie se interrumpe para respirar, exhausta—. El efecto se detecta en la orina hasta doce horas después. Análisis. A todos.

No ve que Cabel parpadea.

—Buen trabajo —murmura y habla por teléfono. A Janie le da la impresión de que el chico no dice más que sandeces.

Trata de concentrarse. Había otra cosa. ¿Qué era? No lo sabe.

Cabel cuelga el teléfono y le frota el brazo. Entonces se acuerda.

—¡Albóndigas! —exclama—. La droga estaba en el ponche, pero yo ni lo probé, que yo sepa. Lo analicé. Los resultados están en el bolsillo de mis pantalones, el derecho —se calla y solloza un poco—. Debió de echarlo a la salsa de las albóndigas cuando yo fui al baño para analizar el ponche. Dios, qué idiota fui.

Siente de nuevo ganas de dormir y no se resiste. Cae en un sueño inquieto durante unas horas.

09:01

Se despierta parpadeando. La luz del techo la deslumbra.

—¿Dónde narices estoy? —inquiere.

—En el hospital —responde Cabel.

Ella se incorpora despacio. Le duele la cabeza. Se lleva las manos a la cara.

—¿Qué diablos…? —dice.

—Janie, ¿puedes ver?

—Pues claro que puedo ver, so tonto.

Cabel decide arriesgarse, mira a la chica tendida a su lado, que suelta risitas, y cierra los ojos brevemente.

—¿Tienes ganas de hablar? —pregunta con prudencia.

Janie parpadea unas cuantas veces más y se sienta.

—¿Dónde narices estoy? —repite.

Cuando Cabel hunde la frente en las manos, la comisaria decide intervenir:

—Janie, ¿sabes quién soy?

Janie la mira con detenimiento.

—Sí, señora.

—Bien. ¿Y quién es este?

—Cabel Strumheller, señora; y usted también lo sabe, creo yo.

Komisky disimula una sonrisa.

—Pues, ya que lo dices, sí. ¿Qué recuerdas de anoche?

Janie cierra los ojos. Le duele la cabeza. Piensa largo rato. Ellos esperan.

Por fin dice:

—Fui a la fiesta de Durbin.

—Sí, ¿y? —anima Komisky.

Cabel se levanta y empieza a pasear por la habitación.

—Recuerdo haber preparado la comida —continúa Janie, luchando contra el aturdimiento.

—Muy bien, Janie. Piénsalo con calma. Tenemos todo el día.

Janie hace otra pausa.

—Ay, Dios —dice con voz temblorosa.

—No pasa nada, Janie. Estabas drogada.

Una lágrima resbala por su mejilla.

—No debería haber pasado —murmura.

La comisaria toma su mano.

—Lo hiciste muy bien, no te preocupes, pero piensa con calma.

Janie solloza en silencio un instante.

—Cabel se va a volver loco —le susurra a la comisaria.

—No, Janie. Cabel está bien. ¿Verdad, Cabe?

Él las mira con cara cenicienta.

—Estoy bien, Janie —logra decir.

Komisky la mira a los ojos.

—Ya lo sabes, Hannagan, maldita sea, todo lo que sucede cuando te han drogado en contra de tu voluntad no es culpa tuya, ¿entendido? Y cualquiera que te haya hecho algo irá a la cárcel, ¿vale? Tú no tienes la culpa de nada. No seas blandita conmigo, Janie, eres una mujer fuerte. El mundo necesita más como tú.

Janie traga saliva y vuelve la cabeza hacia el otro lado. Lo único que quiere es meterse debajo de las sábanas y desaparecer.

—Sí, señora.

—Si te dijera algunos nombres, ¿te ayudaría a recordar?

—Puede. No me acuerdo de casi nada.

—Bien. Empecemos por Durbin. ¿Qué pasó con él?

Janie suspira y después abre unos ojos como platos.

—GHB —exclama incorporándose—. GHB.

Cabel dirige una mirada de angustia a la comisaria.

—Tranquilo —le dice ella en voz baja—. No se había acordado de mencionarlo, es normal —y agrega dirigiéndose a Janie—. ¿Qué pasa con el GHB?

Janie piensa.

—Analicé el primer ponche pensando que tendría rohipnoles, pero estaba limpio. Solo vodka, como dijo Durbin.

—Buen trabajo. Eres una profesional.

—Pero la gente empezó a ponerse rara y Durbin trajo más ponche…

Komisky guarda silencio para dejarla pensar.

—Hizo que todos los chicos subieran del sótano, donde veían la tele. Les dijo que comieran, que las chicas no comían nada.

La comisaria frunce el ceño, pero disimula la indignación.

—Y luego… Wang me echó un vaso del ponche recién hecho y me dio la vara con lo de las caravanas de pobres. Qué tipejo —dice con lágrimas en los ojos. Llora durante un minuto y después recobra la calma—. Al ver que Wang ya estaba colocado, pensé que había algo en marcha, así que analicé el nuevo ponche y no bebí ni una gota. El papel se volvió azul y yo tiré la bebida por el váter. Luego bajé al sótano para mirar los productos químicos del laboratorio, pero no había GBL ni NaOH, cuya combinación da GHB, una droga utilizada para cometer violaciones. Las estudié, como usted me dijo.

Komisky asiente.

—Sin embargo, cuando subí —continúa Janie—, recordé haber visto unos envases encima del frigorífico; eran de quitapinturas y de lejía, los productos con los que se fabrica GHB. A esas alturas ya estaba paranoica. Había dos botellas grandes de agua mineral, pero abiertas, y no me atrevía a beber agua corriente, porque los grifos tenían filtros, y les podía haber puesto droga. Por eso cogí otra cerveza (lo siento, comisaria); me la bebí deprisa pero con bastante comida, y una cerveza, la verdad, no es mucho para mí. ¡No sé qué me pasó! —exclama de pronto, cubriéndose la cara con las manos y sollozando de nuevo—. ¡Lo hice todo mal!

La comisaria cierra los ojos.

—No, Janie, lo hiciste muy bien. Debimos mandarte con algunas botellas pequeñas de agua o algo así.

Cabel deja de andar, apoya la frente en la ventana y la golpea unas cuantas veces contra el cristal, farfullando algo.

La comisaria añade:

—Hace unas horas hablaste de unas albóndigas, ¿recuerdas algo de eso?

Janie guarda silencio, perpleja.

—No recuerdo nada de albóndigas.

Komisky asiente en dirección a Cabel. Él la mira con expresión inquisitiva y ella asiente. El chico marca un teléfono y habla con alguien, por último cuelga.

—Confirmado. Hay GHB en las albóndigas y en la salsa para los palitos de verdura. Jesús —dice quitándose la sudadera y empezando a pasear de nuevo—, yo ignoraba que pudiera echarse a la comida.

—Por lo visto, Durbin quería tenerlo todo controlado —dice la comisaria mirándolo atentamente. Luego se vuelve hacia Janie—. ¿Recuerdas algo más? Si no es así, no te preocupes.

Janie guarda silencio largo rato. Por fin agrega:

—Es raro, pero sé que Crater, el profesor de Educación física, violó a Stacey. No en esta ocasión, sino el pasado semestre.

El silencio cae sobre la habitación.

—¿Cómo lo sabes, Janie? —pregunta Komisky.

Janie duda.

—No puedo probarlo.

—No pasa nada. Dame alguna pista. Nuestro trabajo consiste en encontrar pruebas.

Janie asiente y le cuenta la pesadilla que tiene Stacey desde el otoño pasado. Después le habla de sus esfuerzos para pausarla y de su incapacidad para verle la cara al violador.

—Pero le veo las manos. Lleva un anillo con el sello de una fraternidad: el mismo que llevaba esta noche Crater en la mano derecha.

Silencio.

Y más silencio. Cabel hace otra llamada.

Komisky formula otra pregunta con cara casi sonriente:

—¿Recuerdas cuándo activaste el mechero del pánico?

Janie la mira y niega con la cabeza.

—¿Entonces no recuerdas haberles dado lo suyo a Crater y a Wang?

Janie la mira de hito en hito.

—¿Cómo dice?

La comisaria sonríe sin reservas.

—Eres asombrosa, Janie. Espero que lo recuerdes algún día, porque entonces estarás tan orgullosa de ti misma como lo estoy yo.

Janie cierra los ojos.
Por fin dice:
—Cabe, ¿puedes esperar fuera un minuto?
Él le echa una miradita y sale.
—Comisaria, ¿ocurrió algo? Ya sabe, conmigo.
La mujer le aprieta la mano.
—Por debajo de la cintura, nada de nada, pequeña. Cuando Baker y Cobb te encontraron, sólo tenías quitado el jersey. Y los médicos te han hecho un reconocimiento. Les paraste los pies, Janie.
Esta suspira aliviada.
—Gracias, señora.

18:23
Cabel la lleva a casa.
—Veintiún positivos en GHB, Janie —informa con aspereza—. Todos los asistentes estaban drogados, incluso Durbin. Se dice que esa droga aumenta el aguante. Puf —hace una pausa y ambos sienten un escalofrío—. Baker, Cobb y los refuerzos encontraron a Durbin en la cama con tres alumnas.
Janie no hace ningún comentario.
—Lo meterán en la cárcel una buena temporada, Janie.
—¿Y a Wang?

—Lo mismo. Por desgracia, también violó a Stacey en esta ocasión. Ella no recordaba nada de lo sucedido, pero le encontraron su ADN. Al saberlo, pidió la píldora del día después.

Cabel aprieta el volante con tanta fuerza que tiene los nudillos blancos.

—Dios —dice Janie.

Tendría que haberlo hecho mejor, tendría que haberlo hecho mejor por Stacey.

Al anochecer, su dolor de cabeza disminuye. Tras acabarse todo lo que Cabel le ha puesto en el plato, declara que se siente de maravilla y le ruega, con una sonrisa cauta, que deje de malcriarla. Sabe que él no ha dormido.

Cabel le devuelve una mirada exhausta y perdida, respira hondo y arruga la cara.

—Estoy hecho polvo, perdona —reconoce y se marcha a su habitación.

Janie le oye gritar, pese a que ahoga sus gritos con la almohada.

Se encoge en silencio.

En ese instante se da cuenta de que, en ciertos aspectos, no se comprende a sí misma. Quizá a Cabel le ocurra igual.

Al poco tiempo, él se calma. Janie asoma la cabeza por la puerta de su habitación. Se ha dormido bocabajo, totalmente vestido, con un brazo y una pierna colgando por un lado de la cama, con lágrimas en las pestañas y las mejillas enrojecidas. No sueña.

Janie se arrodilla junto a él, le retira el pelo de la cara y se queda mirándolo largo rato.

9 de marzo de 2006, 15:40

El escándalo del Fieldridge empieza a remitir, y los tres profesores nuevos son de lo más vulgar, lo que a Janie le viene de perlas: ya tiene bastantes dificultades para concentrarse, y no a causa de la fiesta en sí, sino de lo sucedido después con Cabel.

Al volver a casa se echa en el sofá, mirando al techo. Así sigue cuando Carrie asoma la cabeza por la puerta principal.

Janie se sienta y se obliga a sonreír.

—Hola. Felicidades. ¿Hiciste algo emocionante por tu cumple? —dice dándole una bolsita de regalo que lleva días en la mesa del salón.

—Lo normal. Nada del otro mundo. Stu piensa que lo primero que debo hacer es apuntarme para votar. Espero que esté de guasa.

Janie se ríe pese a sentirse entumecida y responde:

—Deberías hacerlo. Es tu derecho como estadounidense.

—¿Lo has hecho tú?

—Sí.

—¡Ay, Dios mío! —exclama Carrie, tapándose la boca de una palmada—. ¿Se me ha pasado tu cumpleaños?

Janie se encoge de hombros.

—¿Te has acordado alguna vez?

—¡Eh, eso no es justo! —protesta Carrie, pero sonríe avergonzada porque sabe que es verdad.

A Janie no le importa. Las cosas con Carrie funcionaban así.

Esta suelta exclamaciones al ver su regalo: un cedés. Se caen bien, pero Janie sabe que todo cambia muy deprisa. Su amiga se queda poco tiempo.

Y ella no tiene planes para la tarde.
Ni para el resto de su vida, ya puestos.

Llama a Cabel.

—Te echo de menos —le dice al contestador—. Solo… tenía que decírtelo. Eh… sí. Perdona. Adiós.

Él no le devuelve la llamada.
Janie lo suponía.

«Necesito que nos demos un tiempo»: eso fue lo que dijo aquel lunes después de salir del hospital, cuando trató de tocarla y no pudo.

NADA QUE PERDER

24 de marzo de 2006, 15:00

Janie dormita. Han pasado casi tres semanas y sigue yendo a clase como un zombi. Y después de clase a casa. Siempre sola.

Siempre.

Es horrible. Ahora tenía mucho más que perder. Estar sola antes de Cabel era mucho más fácil que estar sola después de Cabel.

Ya no se sienta a su lado en el aula de estudio, no la llama, no la controla cuando los sueños la absorben.

Ni siquiera la mira, y si la mira por accidente en los pasillos o en el aparcamiento, pone cara de pena y se aleja a toda prisa sin decir palabra.

Se aleja de ella.

Incluso en la siguiente reunión con la comisaria está sola. Cabel la ve por separado.

Janie conduce hacia casa con las ventanillas abiertas al fresco día de primavera, sin nada que perder.

15:04

Frena detrás de un autobús escolar cuyas luces rojas parpadean. Mira a los niños que cruzan la calle por delante de ella preguntándose si existirá alguno que se le parezca.

Sabe que lo más probable es que no.

Y entonces...

La pilla por sorpresa. El sueño de un crío la ciega y la absorbe.

Cae, cae por un precipicio.

Janie jadea en silencio.

El freno se le va del pie.

La bocina del autobús pita enloquecida.

Janie agarra el volante con frenesí y forcejea para concentrarse en el mundo real. Sale del sueño cuando Ethel está peligrosamente cerca de los niños que cruzan.

Estampa un embotado pie contra el freno y arranca las llaves a ciegas.

Ethel se detiene mientras Janie recobra la vista.

El conductor del autobús le lanza miradas de odio.

Los niños corren hacia la acera, vigilando con ojos desorbitados a la conductora asesina.

Janie, horrorizada, sacude la cabeza para despejarse.

—Lo siento muchísimo —farfulla. Tiene el estómago revuelto.

El autobús se marcha con gran estruendo.

Cuando los conductores de atrás empiezan a dar bocinazos, Janie se esfuerza por arrancar a Ethel.

Echándose la bronca.

Odiando su vida.

Preguntándose qué demonios sería de ella, preguntándose si no acabaría por matar a alguien.

Cuando al fin llega a casa, se enjuga la cara con la manga y entra decidida. Va derechita a su cuarto, donde arroja el chaquetón y la mochila sobre la cama. No se detiene hasta llegar al armario. Una vez que saca la caja, se sienta en la cama y vierte el contenido para hacerse con el cuaderno verde. Lo abre y relee la dedicatoria.

El viaje hacia la luz
de Martha Stubin

Dedico estas líneas a los cazadores de sueños, en especial a los que sigan mis pasos cuando yo me haya ido.

La información que deseo compartir consta de dos aspectos: el amable y el aterrador. Si no deseas saber lo que te espera, cierra este cuaderno. No vuelvas esta página.

Pero si tienes valor para combatir la parte negativa, más vale que la conozcas. Por otra parte, te obsesionará de por vida. Por favor, considera este asunto con la mayor seriedad. Lo que estás a punto de leer contiene mucho más de aterrador que de amable.

Siento no poder tomar la decisión por ti. Debes hacerlo tú. Por favor, no la dejes en manos de nadie más. Lo destrozarías.

Decidas lo que decidas, te queda por delante un camino muy duro. Piénsalo bien, pero ten confianza en tu decisión, sea cual sea.

Buena suerte, amigo o amiga.

Martha Stubin, cazadora de sueños.

Janie ignora el miedo y vuelve la página, y después la página en blanco. Sigue leyendo.

Ya has leído la primera página al menos una vez. Supongo que habrás pasado cierto tiempo con ella, días quizá, decidiendo si querías continuar o no; pero aquí estás.

Por si se te desboca el corazón, te diré que voy a empezar con el aspecto amable, así estarás a tiempo de no seguir si no lo deseas. En este cuaderno habrá otra página en blanco antes de que llegues a la información que llamo aterradora. Ahora que lo sabes no tienes por qué volver las páginas con miedo.

Siento haber sembrado ese temor en tu corazón, pero tengo mis razones. Quizá las entiendas si sigues leyendo.

No obstante, aún estás a tiempo de cambiar de opinión y dejarlo. Si eliges continuar, pasa la página, por favor.

15:57

Janie la pasa.

Lo amable

Ya lo has experimentado en parte, supongo. Si no, lo harás.

Con el tiempo experimentarás tanto el éxito como el fracaso. Algunos de tus mayores éxitos como cazador de sueños no ocurrirán hasta pasados muchos años.

A estas alturas ya has descubierto que tienes más poder del que suponías. Tienes la capacidad de cam-

biar el sueño del soñador para mejorarlo, para hacerlo menos terrorífico, quizá; o de transformarlo por completo, convirtiendo un monstruo en un dibujo animado, por ejemplo.

Lo que debes saber antes de cambiar los sueños es que no todos pueden alterarse. Tu poder es considerable, pero habrá sueños más fuertes que tú. Por favor, no creas que vas a cambiar el mundo.

Dicho esto, yo, Martha Stubin, he estado en los sueños de muchos triunfadores que alcanzaron el éxito tras el cambio producido en sus sueños. ¿Tengo algún tipo de mérito por ello? Por supuesto que no, pero fui un factor más en el futuro de muchos hombres de negocios. Aunque no puedo revelar sus nombres, ya que siguen vivos en el momento de redactar estas líneas, te sugiero que pienses en el sector informático y tendrás una pista.

Posees la habilidad de influir en el subconsciente, estimado/a cazador o cazadora de sueños.

De salvar matrimonios.

De rehacer relaciones.

De ganar acontecimientos deportivos.

De hacer vivir con confianza en lugar de con miedo.

Nuestro poder estriba en la motivación, en dar empuje y energía a quienes sueñan con el fracaso.

Este es el trabajo que más compensa cuando las cosas van bien.

Eres una persona con un don muy especial.

Puedes cambiar hasta una comunidad.

Puedes utilizar tu don para devolver la paz a una comunidad problemática, sea un colegio, una iglesia, una empresa o una entidad gubernamental. Tienes más capacidad para resolver un delito que cualquier investigador.

No lo olvides.

Cuando afines tu habilidad —tu don—, serás capaz de ayudar a la ley con métodos que los encargados de su cumplimiento ni siquiera imaginan. Gozas de un tremendo poder para hacer el bien.

Úsalo si te atreves.

Nunca estarás sin trabajo. Piensa a lo grande. Los cuerpos policiales se te rifarán. Viajarás por el país, y tal vez por el mundo. Conocerás a otras personas con dones diferentes que trabajarán en secreto, como tú.

Déjame ir un poco más allá para adentrarme en tu corazón.

Con la práctica, podrás dirigir tus propios sueños.

Aunque algunos de vosotros no soñáis.

Eso se ve con el tiempo.

Podrás soñar con solucionar los problemas que te preocupan o con encontrar el amor que anhelas.

Los seres queridos que has ido perdiendo vivirán para siempre en tus sueños. Nunca dirás adiós por mucho tiempo, solo hasta que vuelvas a dormirte.

Eso ha sido lo más gratificante para mí. Es lo que me ha mantenido viva durante todos estos años. Moriré feliz, a pesar de haber tenido una vida muy complicada.

Una vez que conozcas los demás aspectos, no olvides este último.

Si vuelves esta página, verás que la siguiente está en blanco. A continuación se halla lo que no querría tener que contarte. De ti depende seguir o no.

16:19
Janie hunde la cabeza entre las manos y continúa.

Lo aterrador

Al escribir esta parte se me humedecen los ojos.

Hay cosas sobre ti que no querrás saber.

¿Te ayudarán?

La respuesta es sí.

¿Te harán daño?

Sin duda alguna.

Derechos y obligaciones

En primer lugar, vamos a repasar cómo se cambian los sueños de la gente.

Que se ostente el poder no significa que se tenga el derecho ni la obligación.

Y como se dispone del poder de manipular, a veces se utiliza para hacer daño.

No puedo evitar que tú también lo hagas.

Solo puedo rogarte que resistas la tentación de herir a otras personas de esta manera.

Se ha hecho.

Y es feo.

Ha habido muertos.

Estos son algunos de los hechos que debes conocer:

● *NO HAY «CURA», EN CASO DE QUE VEAS ESTO COMO UNA ENFERMEDAD. HASTA QUE SE DESCUBRA EL MOTIVO DE LA EXISTENCIA DE LOS CAZADORES DE SUEÑOS, NO LA HABRÁ.*

● *HE PASADO CINCUENTA AÑOS TRATANDO DE CAMBIAR ESTE DON, PERO SOLO HE CONSEGUIDO CONTROLARLO... A VECES.*

Conducir

Ya serás consciente de los peligros que entraña conducir un vehículo. Quizá ya hayas sufrido algún accidente. Debido a las muchas posibilidades de entrar en un sueño al volante (incluso con las ventanillas cerradas), eres una bomba de relojería.

Ha ocurrido con anterioridad.

Lo habrás visto en los periódicos, ¿no?

Alguien se queda dormido, invade el carril contrario y mata a una familia de tres miembros.

Los cazadores de sueños cazan, por accidente, los sueños del soñador de un coche cercano.

A través de los cristales de ambos coches.

Ocurre.

Ha ocurrido.

Y nunca me lo perdonaré.

No conduzcas.

No solo arriesgas tu vida, sino la de otros.

Puedes ignorarme.

Pero te agradecería que no lo hicieras.

Si quieres seguir, vuelve la página.

16:53

Aunque tiembla y llora al recordar a los niños del autobús escolar, Janie continúa.

Efectos secundarios

Esta es la parte más dura. Si la superas, superarás todo lo demás.

Y quizás a ti no te parezca tan mala. Ojalá.

Ser cazador de sueños lleva aparejados varios efectos adversos. Ya habrás experimentado la pérdida calórica; empeora con la edad.

Por fuerte que seas, por preparado que estés, acabarás agotado. Ten comida siempre a mano. Los sueños aparecen cuando menos te lo esperas.

Cuantos más sueños veas, a más gente podrás ayudar.

Pero cuantos más sueños tengas, más efectos adversos sufrirás.

Y tu declive será más rápido.

Debes, por tanto, controlar los sueños en los que entras.

Practica cómo salir de ellos; lo he explicado en los muchos archivos de los casos en que participé.

Estúdialos.

Practica los pasos, los procesos mentales, los ejercicios de relajación.

No obstante, como ya habrás notado, es un arma de doble filo: cuanto más practique, más dañarás tu cuerpo.

Si usas tu don para ayudar a otros, debes escoger los sueños con cuidado.

Hay otra alternativa.

El aislamiento.

Si te aíslas, podrás llevar una vida normal... tan normal como el propio aislamiento te permita, claro está.

Y ahora...

Todavía puedes dejar de leer.

Esta es tu última oportunidad.

17:39

Janie mira a lo lejos. Relee esta última parte. La cabeza le martillea, pero decide seguir.

Calidad de vida

He conocido personalmente a tres cazadores más. Yo soy la última que queda con vida. Cuando escribo esto, no conozco a ningún otro, pero estoy convencida de que estás ahí.

Debo decirte que no es mi mano quien escribe estas líneas. Mi ayudante las escribe para ti, porque tengo las manos inutilizadas.

Perdí su uso a la edad de treinta y cuatro años.

Mis tres cazadores amigos no pudieron agarrar un lápiz desde los treinta y uno, treinta y tres y treinta y cinco años, respectivamente.

Eso es lo que te harán los sueños.

18:00

Janie llora en silencio. Se lleva la manga a la boca y continúa.

Por último.

Lo que para mí es peor.

Tenía once años cuando cacé un sueño por primera vez, o al menos ese es el primero que recuerdo.

Al principio, los sueños eran pocos y aislados, como supongo serían para ti, a menos que compartieras habitación con alguien.

En el instituto el número de sueños creció.

Universidad. En clase, en la biblioteca, paseando por el campus en primavera... por no hablar de cuando tenía una compañera de cuarto. En la universidad había sueños por todas partes. Allí sufrirás algunas de las peores experiencias de tu vida.

Y entonces, un día dejarás de ver.

No verás nada.

Porque estarás completa e irremediablemente ciego.

Las edades de mis amigos fueron: veintiuno, veintitrés y veintiséis.

La mía, veintidós.

Cada vez que entres en un sueño perderás vista.

Ya lo sospechabas, ¿no?

Quizá ya veas algo peor.

Lo siento muchísimo.

Elige bien tu profesión.

La única esperanza que puedo darte es:

Una vez que estés ciego, los viajes oníricos te devolverán la visión. En ellos lo verás todo como lo veías en el mundo real.

Esos sueños de otros serán tus ventanas. No verás otra luz. Estarás encerrado en la oscuridad, salvo en los sueños.

Y en tal caso, yo te pregunto, ¿quién no viviría para soñar un sueño más? Tendrás ocasión de ver a la persona amada cuando envejezca, la ocasión de verte a ti mismo cuando ella sueñe contigo.

No puedes elegir.

Estás atrapado por esta habilidad, por esta maldición.

Ahora ya sabes lo que te espera.

Te dejo con una nota de esperanza, y es esta: yo no lamento haber tomado la decisión de ayudar a los demás cazando sus sueños.

No cambiaría ni una coma de lo que hice.

Ha llegado para ti el momento de reflexionar, y de lamentarse. Después hay que seguir.

Ten un confidente. Si estás leyendo esto es porque ya lo tienes. Cuéntale lo que te espera.

Puedes trabajar o puedes esconderte de por vida y retrasar los efectos. La decisión es tuya.

Sin arrepentimiento,

Martha Stubin, cazadora de sueños.

Janie se queda mirando fijamente el cuaderno. Vuelve la página, aunque sabe que no hay más.

Se mira las manos y las flexiona. Ve sus arrugados nudillos y sus uñas cortas. Observa cómo se doblan y se estiran sus dedos. Luego mira por la habitación.

Se quita las gafas.

Reflexiona, aunque ya conoce la respuesta. Los sueños, los dolores de cabeza, las manos rígidas y los ojos ciegos de la señora Stubin. Sí, su propia vista está empeorando, ya lo sabe.

Desde hace tiempo.

Pero no quería pensar en ello, no quería creerlo.

Se le ocurre que Cabel se ha dado cuenta. Él y sus estúpidas letritas para graduar la vista. Quizá por eso necesitaba «darse un tiempo». Sabe que Janie se desmorona, y está harto de los problemas de Janie.

El asombro le quita hasta las ganas de llorar.

Agarra las llaves del coche y corre hacia la puerta antes de recordarlo: la señora Stubin mató a tres personas porque se durmió al volante.

Mira a Ethel por la ventana y se deja caer al suelo lentamente, sollozando por el fin de su mundo.

No se levanta.

No.

Esa noche no.

25 de marzo de 2006, 08:37

Sigue en el suelo del salón, cerca de la puerta de entrada. Su madre pasa a su lado sin inmutarse y se pierde de nuevo en las profundidades de su habitación; la ha visto dormir en el suelo otras veces.

Janie tampoco se mueve cuando llaman a la puerta, ni cuando hay una segunda llamada, más urgente. Pero al oír:

—¡No me obligues a tirar la puerta abajo, Hannagan!

Levanta la cabeza y mira el picaporte.

—Está abierta —dice sin ánimos, aunque trata de ser respetuosa.

La comisaria Komisky entra en el salón. En la pequeña casa, la mujer parece mucho más grande.

—¿Qué pasa, Janie? —le pregunta alarmada al verla en el suelo.

Janie menea la cabeza y responde con vocecita ahogada:

—Creo que me muero, señora.

Luego se sienta y palpa el dibujo de la alfombra que se le ha grabado en la mejilla; parece la superficie irregular de las cicatrices de Cabel.

—Iba a ir a verla ayer —dice mirando las llaves que están en el suelo, a su lado—. Iba a salir cuando todo se me vino encima. Lo de conducir y todo lo demás. Entonces… —sacude la cabeza—. Me voy a quedar ciega, comisaria, igual que la señora Stubin.

Komisky guarda silencio y le tiende la mano para ayudarla a levantarse. Luego la abraza.

—Cuéntamelo todo —le dice con ternura.

Janie, que creía haber agotado su provisión lágrimas, fabrica otras nuevas y llora sobre el hombro de la mujer. A continuación le habla del cuaderno verde y se lo entrega para que ella misma lo lea. La comisaria vuelve a abrazarla con fuerza cuando Janie empieza a sollozar de nuevo.

Al cabo de un rato se tranquiliza y busca algo para secarle el hombro del abrigo, pero no hay nada. En su casa nunca hay de nada.

—¿Has llamado al instituto para justificar tu ausencia?

—Mierda.

—No te preocupes, ahora llamo yo. ¿Tu madre responde al nombre de señora Hannagan? No quiero que el personal de secretaría sepa que te conozco.

Janie menea la cabeza.

—No, «señora» no. Solo Dorothea Hannagan —contesta y, cuando Komisky cuelga el teléfono, añade—: ¿Cómo ha sabido que estaba en casa?

La comisaria frunce el ceño.

—Cabel me ha llamado desde el instituto para decirme que no habías ido y para preguntarme si sabía algo de ti. He supuesto que ya había intentado llamarte al móvil.

«O sea, que si desaparezco, sí me llama», piensa Janie, aunque no hace ningún comentario. Se muere por preguntarle a Komisky por qué no quiere Cabel hablar con ella, pero no es tan tonta como para hacerlo, así que lo único que dice es:

—Ha sido un detalle.

Después piensa un instante.

—¿Sospechaba usted algo de esto? ¿Le dijo algo la señora Stubin?

—Sabía que algo te inquietaba desde hacía semanas, cuando me llamaste, pero ignoraba qué. Martha Stubin era muy reservada, Janie. Hablaba poco de sí misma y yo no le preguntaba. No era asunto mío.

—¿Cree que Cabel lo sabe?

—¿No has pensado en preguntárselo?

Janie la mira para leerle la expresión y se muerde los temblorosos labios.

—Es que ahora mismo no nos hablamos.

La comisaria suspira.

—Eso ya lo sé —dice con delicadeza—. Cabel tiene sus propios demonios y, como no se deshaga pronto de ellos, voy a tener que darle una patada en salva sea la parte. Ahora mismo tiene problemas con ciertos asuntos.

Janie menea la cabeza.

—No lo entiendo.

Después de una pausa, Komisky añade:

—Quizá deberías preguntarle a él, y contarle por lo que estás pasando.

—¿Para qué? ¿Para que se aleje definitivamente de mí cuando sepa que voy a ser una ciega y una inútil?

—No puedo predecir el futuro, Janie, pero dudo que unos problemas físicos puedan con él, por así decir. Aunque tampoco tienes por qué contárselo.

Tras una pausa añade:

—No te vendría mal un buen desayuno. Ven conmigo.

Janie se mira la ropa arrugada.

—Claro, vamos —contesta y se arregla un poco el pelo mirándose al espejo. Mirándose a los ojos.

Komisky la lleva a la ciudad de Ann Arbor. Desayunan en Angelo's, donde la comisaria parece conocer a todo el mundo, hasta a Víctor, el cocinero, que les sirve el festín en persona. Janie, que no había comido desde el almuerzo del día anterior, engulle agradecida los alimentos.

Tras el desayuno, dan una vuelta en coche por el campus de la Universidad de Michigan.

—Aquí se realizan trabajos de investigación médica y científica de máximo nivel. Quizás algún día… —dice la comisaria encogiéndose de hombros—. Ten en cuenta que Martha Stubin perdió la vista hace cincuenta años, Janie, desde entonces la medicina ha avanzado mucho. No te hundas antes de saber qué podrían hacer por ti los médicos de ahora, y no solo respecto a tu vista, sino respecto a tus manos. Y quizá respecto a tus sueños. ¿Ves aquel edificio? —pregunta señalándolo—. Es el Centro de Estudios del Sueño. Quizá puedan hacer algo para mejorar las cosas. Tengo un par de buenos amigos en el campus que saben lo de Martha. Ellos nos ayudarán.

Janie, que lo mira todo con mucha atención, siente una chispa de esperanza. Ella y Cabel habían planeado ir allí en verano, una vez que pudieran mostrarse juntos en público. Ahora Janie no sabe qué pensar. Lo mismo Cabel volvía, o lo mismo se amedrentaba otra vez.

Pero sí sabe que ella misma no podrá aguantar muchas rupturas más, quizá ni una sola.

—¿Por qué tiene que ser todo tan difícil? —pregunta en voz alta, tras lo cual se sonroja—. Es una pregunta retórica. Perdone, comisaria.

Esta sonríe.

—Al final… ¿por qué decidiste leer el cuaderno?

Janie traga saliva.

—Como Cabel me ignora, pensé que no tenía nada que perder. Qué ironía, ¿no?

La comisaria aprieta los labios mientras conduce y dice algo entre dientes.

—Muy bien —añade en voz alta—, ¿y qué te parece en este momento lo de ser cazadora de sueños?

Janie piensa.

—Supongo que lo mismo que antes.

Komisky tiene una expresión rara.

—¿Y qué papel juega tu madre en todo esto?

—Ninguno.

—¿Y tu padre?

—No existe, que yo sepa.

—Ya —la comisaria hace una pausa—. ¿Sientes haber leído ese cuaderno?

Tras un momento de silencio, Janie contesta:

—No.

Siguen un rato en silencio hasta que la mujer pregunta:

—¿Prefieres dejar tu trabajo conmigo, Janie? ¿Prefieres aislarte?

Janie se gira para mirarla.

—¿Quiere usted que lo deje?

—Por supuesto que no. Eres una joya.

—Yo preferiría seguir.

Komisky sonríe, pero vuelve a ponerse seria.

—¿Podrás seguir trabajando con Cabel? ¿Aunque no retoméis vuestra relación?

Janie suspira.

—Si él lo lleva bien, ¿por qué no yo? —contesta con voz trémula—. Es que… —añade, pero antes de seguir sacude la cabeza para tranquilizarse: no quiere llorar más.

La comisaria mira fijamente por el parabrisas, se muerde los labios y hace un gesto de negación con la cabeza.

—Te juro por Dios que le voy a dar un tortazo a ese chaval —espeta—. Escucha, Janie, a Cabel le quedan muy pocas cosas: su madre lo abandonó, su padre estuvo a punto de matarlo... Por eso, ahora que te tiene a ti, le gustaría guardarte para siempre en su bolsillo, pero sabe que no puede hacerlo. Deberá aprender a vivir con eso.

—Pero, comisaria, después de lo de Durbin le daba como asco tocarme —dice Janie y, pese a sus esfuerzos, se echa a llorar otra vez—, como si le repugnara que me hubieran tocado otros o algo así... —agrega sacando un pañuelo de papel de la caja situada entre los asientos.

—¡Dios santo! Janie, escúchame, ya eres una buena detective. Sabes que en nuestro trabajo obtenemos respuestas a partir de unas pistas, y tú haces de maravilla ese trabajo. ¿Por qué no aplicas el mismo método a tu vida privada? Si quieres respuestas, debes hablar con Cabel. La especulación a secas conduce a callejones sin salida.

Janie cierra los ojos y apoya la cabeza en el asiento.

—Es verdad, comisaria, tiene usted razón. Le juro que no dejaré que todo esto afecte a mi trabajo. Trabajar para usted es lo mejor que me ha pasado. Por fin siento que puedo controlar mi vida, ¿sabe?

Komisky le da un rápido apretoncito en el brazo.

—Lo sé, pequeña. Y yo tengo grandes planes para ti, si te animas.

—¿Comisaria?

—¿Sí?

—¿Cómo voy a ir a los sitios si no puedo conducir?

Komisky suspira.

—Ya pensaremos en algo.

—¿Sabía usted que la señora Stubin tuvo un accidente a causa de un sueño? Mató a tres personas.

La comisaria frena un poco y la mira.

—Sabía que se vio implicada en un accidente horrible, pero ignoraba que la causa fuese un sueño. Le sucedió a los dieciséis años.

Janie se queda atónita.

La comisaria prosigue:

—Fue condenada por homicidio involuntario, perdió el carné y pasó tres años en un correccional de mujeres; y la condena no fue más dura porque era menor de edad.

A Janie se le revuelve el estómago.

—Ayer estuve a punto de llevarme por delante a unos colegiales —dice en voz baja—. Algún crío del autobús estaba soñando.

Komisky sacude la cabeza.

—Está decidido: si te veo conduciendo, Janie, te mando a la cárcel yo misma. Entre tanto, si te necesito en algún lugar, te llevaré yo o te enviaré un coche. No quiero que malgastes tu don con todos los pasajeros de algún maldito autobús interurbano.

Janie se siente como si la hubieran metido en una jaula.

—¿Y el instituto? —pregunta—. Tendré que tomar el autobús escolar. ¿Qué le voy a decir a la gente? Cabel se lo figurará. Qué mierda.

La comisaria la mira con dureza.

—¿Sabes lo que es una mierda? Cargarse a tres personas. Si piensas que tu vida es mala, imagínate lo que sería vivir con eso.

Janie no contesta.

Están llegando a Fieldridge.

Cuando el móvil de la comisaria suena, ella responde:

—Komisky —y hace una pausa—. Sí, está conmigo —otra pausa—. Sí, está bien —asiente, la mira de reojo con una media sonrisa y cuelga—. Biiiien —repite, con los labios apretados en una línea muy fina.

12:36

Cuando la deja en casa, Komisky le da un abrazo.

—Llámame si necesitas hablar —dice.

—Gracias.

—Pero es tu llamada. Si quieres hablar de Cabel, habla con él. Yo no debo hacerlo, a menos que se trate de un asunto de trabajo; y también entonces es preferible que lo habléis vosotros. Respecto a lo de conducir, Cabel se alegrará: le preocupaba bastante.

Janie saluda sin fuerzas mientras la ve marchar. Después de mirar con tristeza a Ethel, abandonada y sola, da media vuelta y entra en casa.

No sabe qué hacer.

Va a su habitación. El cuaderno verde brilla amenazador sobre la cama, donde lo había dejado abierto.

Lo cierra y lo mete en la caja del armario.

Luego se tumba y se queda mirando al techo.

14:23

El viento frío y cargado de humedad sopla con fuerza por el purgatorio de la tenebrosa calle Center.

—Ahora sabes tanto como yo, Janie —dice la señora Stubin.

Janie está sentada a su lado, en silencio. De los ojos ciegos de la anciana brotan lágrimas.

Ya no tienen nada más que decirse, pero se transmiten entendimiento, resolución y fuerza. Y liberación.

Martha Stubin ha acabado su trabajo.

Aquello era una despedida.

Con sus dedos retorcidos, la anciana le aprieta suavemente la mano.

—Ya es hora de reunirme con mi soldado —dice cuando empieza a desvanecerse.

—¿Volveremos a vernos? —pregunta Janie acongojada.

—Aquí no, Janie.

—¿Y en otro sitio?

Pero la anciana ya se ha ido.

Janie mira en derredor, mordiéndose los labios. Delante de la tienda de confecciones pasa una pareja formada por un soldado y una joven de ojos brillantes. Antes de doblar la esquina, la joven se vuelve para mirarla y enviarle un beso.

Janie se queda sentada en el frío y húmedo banco de madera.

Sola.

31 de marzo de 2006, 14:25

En la hora de estudio, Cabel sueña que se pone prendas y más prendas de ropa. Janie sale del sueño zumbando; no lo soporta, porque ya sabe lo que significa: el chico trata de protegerse a toda costa, trata de proteger su corazón.

Cuando suena el timbre que anuncia el final de las clases, Cabel se despierta sobresaltado. Janie lo observa. Él la mira, y parece inquieto. Janie le envía una mirada de súplica a través de la espaciosa biblioteca.

Él baja la suya.

Se vuelve.

Se marcha.

6 de abril de 2006, 08:53

Son las vacaciones de primavera. Cuando Janie se despierta descubre una nevada tardía, de diez centímetros de espesor. Se promete que, en cuanto pueda, se irá a Florida en esas vacaciones. Aunque se pase todo el viaje en avión colándose en los sueños de los pasajeros. Aunque se pase toda la semana sola, mirando cómo se divierten los demás.

Se viste y, mientras espera el coche que le envía la comisaria, quita la nieve de la ventanilla de Ethel para que se vea el cartel de «Se vende». Después espala la nieve de la acera y del camino de acceso.

Cuando Carrie sale como un rayo de la casa vecina y se le acerca corriendo, Janie sonríe.

—¡Hola! —dice.

—¡Janie Hannagan! —exclama Carrie—. ¿Cómo te atreves a vender a la pobre Ethel? A Stu le va a dar algo.

Janie se había preparado la respuesta:

—No puedo seguir pagando ni el seguro ni la gasolina, Carrie. Dile a Stu que lo siento mucho.

Carrie sonríe con picardía y saca un fajo de billetes del bolsillo de su abrigo.

—¿Cuánto? —pregunta—. Voy a vender mi vieja carraca y Ethel me ha dicho que no quiere irse del barrio.

A Janie le brillan los ojos.

—¡No me digas!

—¡Sí te digo! —replica Carrie entre risitas—. ¿Cuánto?

Janie da saltos de alegría sobre la nieve.

—¿Para ti? Mil doscientos dólares. ¡Es una ganga!

Carrie cuenta doce billetes de cien dólares y se los da.

—¡Vendido! —grita feliz.

—¡Ay, Dios mío! ¡No me puedo creer que tú hayas comprado a Ethel!

—Stu me ha prestado la pasta hasta que venda mi coche. Seguro que él se alegra más que nadie. Anda, quítale ese cartel de la ventanilla, no se nos acompleje. Voy a llamar a Stu para contárselo. Luego hacemos lo del papeleo, ¿eh?

Carrie vuelve trotando a su casa sin esperar respuesta.

Una sonriente Janie retira el cartel y da palmaditas cariñosas al nevado capó de Ethel.

La recoge el agente Jason Baker con su furgoneta familiar.

—Hola, soñadora —dice sonriendo—. Ya vi lo que les hiciste a esos cabrones en casa de Durbin. Recuérdame que no me meta contigo.

—Pero si no me acuerdo ni de lo otro... —protesta Janie. Baker y Cobb le caen bien.

—¿Todavía no? Bueno, con estas drogas es lo normal. Por eso hay tantas violaciones que pasan desapercibidas o que no se denuncian. Gracias a la pérdida de memoria, los tipos de la calaña de Durbin y compañía pueden volver a las andadas. Pero tú has resuelto este caso, Janie, y fantásticamente bien.

Janie se sonroja y se mira las manos. Pues no se siente ninguna heroína, ni mucho menos.

En la comisaría, cuando llama a la puerta de Komisky, esta grita su habitual:

—¡Adelante!

Janie sonríe y entra.

Y se para en seco.

Cabel está allí.

El chico esboza una sonrisa tensa mientras ella recobra la compostura y se sienta a su lado.

La comisaria va al grano de inmediato:

—Stacey O'Grady vuelve al instituto. Sus padres están satisfechos con las detenciones, y Stacey necesita hacer borrón y cuenta nueva y graduarse con sus compañeros.

Ambos asienten, contentos.

—Hay varias demandas paternas en marcha, cosa lógica, pero debido a ello es posible que sea necesario que testifiques, Janie. Las vistas serán en junio. Antes te entrevistarás con el fiscal del distrito para repasar tu testimonio. Será difícil: deberás estar preparada para aguantar las horrendas preguntas de los abogados defensores, y para aguantarlas, además, delante de Durbin, Wang y Crater. ¿Lo entiendes?

Janie aprieta los labios para que dejen de temblarle.

—Sí, lo entiendo.

—¡Ánimo! Haremos todo lo necesario, dentro de la legalidad, para mantener tu don en secreto. Sin embargo, saldrá a la luz que asististe a esa fiesta trabajando para mí. Necesitaremos tu narración de los hechos. Si los autores son tan estúpidos como para declararse inocentes después del cúmulo de pruebas que habrá en su contra, iremos a juicio y te quedarás sin tapadera para los trabajos en Fieldridge, pero si te preguntan debes decir la verdad, ya veremos después cómo nos las apañamos.

Janie abre mucho los ojos.

—Entonces, humm, si me quedo sin tapadera… yo… usted…

La comisaria sonríe.

—Seguirías trabajando, no te preocupes. Martha también tuvo que testificar en varias ocasiones, pero nadie descubrió su secreto en el estrado. Los abogados defensores no saben nada de cazadores de sueños… nunca podrán formular las preguntas adecuadas, así que no nos preocupemos ahora por eso, ¿de acuerdo? Quiero que te tomes un tiempo para relajarte hasta que acabes el instituto —la comisaria hace girar su silla y añade—: Respecto a ti, Cabe, voy a encargarte unas tareas que deberás empezar el lunes después de clase. Solo. ¿Entendido? —pregunta mirándolos a ambos.

—Sí, señora —contestan al unísono.

—¿Seréis capaces de trabajar juntos otra vez? —inquiere.

Janie mira a Cabel y este a sus zapatos.

—Sí, señor —responde Janie por fin.

—Por supuesto —corrobora Cabel sin mirar a nadie.

La comisaria asiente y rebusca entre los papeles de su escritorio.

—Bien. Janie, mira quién está por ahí fuera. Cobb, Baker o Rabinowitz pueden llevarte a casa. Te llamaré pronto.

—Sí, señora —Janie se levanta con la cara como un tomate. Al lado de Cabe se siente como una cría. Vuela hacia la puerta, dejando a los otros plantados. No pide a nadie que la lleve, prefiere ir a pie.

Pero no llega demasiado lejos antes de que el coche de Cabel la adelante, esparciendo nieve a su paso.

El chico desacelera.

Se para.

Retrocede.

Janie mira con nostalgia los arbustos: siente unas ganas tremendas de tirarse de cabeza.

Cabel baja la ventanilla del pasajero, mira a Janie, esboza una sonrisa lúgubre y se muerde los labios.

—¿Te llevo, Hannagan?

Janie asiente con frialdad y se monta. Si van a seguir trabajando juntos, alguna vez tendrán que hablar.

—Desde tu casa puedo ir andando a la mía, así no te molestaré —dice Janie, muy cortés.

Hacen todo el trayecto en silencio.

Cabel entra en su camino de acceso.

Ambos bajan del coche.

Se miran fijamente hasta que Janie aparta la mirada, con las emociones a flor de piel. Está furiosa. Sigue sin entender el porqué de aquella ruptura tan repentina. Cree que se debe a que los profesores la tocaron, pero no está segura. Quiere saber la verdad, pero no quiere que Cabel vuelva a dejarla tirada.

—Gracias por traerme —dice por fin.

Cuando él no contesta ni se mueve, Janie se vuelve muy despacio y enfila hacia su casa.

VISLUMBRES

—Espera —dice Cabel.

Janie ya ha esperado bastante, ha esperado respuestas, ha esperado que él admitiera que no podía tocarla porque los monstruos la habían mancillado. Está harta de esperar. Aprieta el paso.

Cabel duda, pero sale corriendo en su busca y la detiene en mitad de la calle.

—Ven dentro conmigo —ruega. Parece cansado—. Por favor, tenemos que hablar.

Janie echa chispas por los ojos, pero le sigue al interior. Así al menos conseguirá algunas respuestas.

Se sienta en el borde del sofá sin quitarse el chaquetón. Respira hondo y decide no andarse con rodeos:

—Tienes tres minutos para decirme que no es porque esos cerdos me tocaron.

Cabel se tambalea.

—¿Cómo?

Janie mira su reloj.

Cabel empieza a pasear por el salón.

—Puedo soportar que pasees —dice Janie cuando ha transcurrido un minuto—, puedo soportar que tengas que resolver tus propios asuntos, hasta puedo soportar que me digas que ya no me quieres. Supongo que es normal que esto de los sueños me impida tener una relación, así que debo darme por satisfecha de que esta haya durado tanto. Pero eso de que decidas que ya no me puedes tocar justo después de que una panda de descerebrados intente violarme, bueno, que tengo que saber si eres así de horrible. Porque si lo eres, me será infinitamente más fácil salir de aquí dentro de… —consulta su reloj— un minuto y veinticuatro segundos.

Cabel la mira de hito en hito, atormentado. Se acerca, se arrodilla frente a ella y le toca la cara con manos trémulas.

Janie le mira muy seria, brindándole una oportunidad.

—Janie —dice él por fin—, ¿contigo va a ser siempre así?

Los ojos de esta centellean de rabia mientras mira el reloj de nuevo.

—¿Qué, cambiando de tema? Te queda un minuto para decir que no es porque me tocaron. ¿O sí? ¿Es que sí, Cabel? Me tocaron, pero cuando me están violando es ahora, ¿y tú no puedes soportar la idea de estar junto a mí?

—Ay, Dios, ¿hablas en serio?

Janie sube el tono de voz:

—¡Treinta segundos!

—No vas a creerme si te lo digo.

Cabel jadea, se pone en pie de golpe y le da la espalda. Se pasa los dedos por el pelo.

—Quince segundos —la voz de Janie es más normal. Se levanta para irse.

Él da media vuelta, la agarra del brazo y la atrae hacia sí para besarla con fuerza, hundiéndole las manos en el cabello. Su lengua se clava en la de ella como una saeta, para saborearla, un oasis en el desierto; su cuerpo la empuja con urgencia; sus manos le acarician el cuello.

Janie se queda paralizada un momento, pero después gime y se entrega. Cabel le quita el chaquetón y la levanta, la sostiene en alto hasta que ella le envuelve la cintura con las piernas. Los labios de él bajan por su cuello y tiran de los botones de su blusa.

—Se acabó el tiempo —dice ella entre jadeos.

Él despega los labios de su piel y recorre su cuerpo con las manos. Un botón cae al suelo, rebota y rueda hasta debajo de una silla. Cabel la lleva hasta el sofá y se sienta con ella en el regazo.

—Janie. Ay, Dios, no puedo hacerlo —musita abrazándola muy fuerte, como a ella le gusta—. Janie. Soy tan desastre, tan imbécil. Lo siento. No. Quiero decir que la respuesta es no: no tiene nada que ver con que te tocaran.

Es que pensé que no iba a poder con todo esto. Eres demasiado… no sé. ¡Eres peligrosa! No puedo soportarlo. No soporto amarte.

—¿Y eso qué narices significa? Antes no te importaba estar enamorado. ¿Qué te pasa ahora?

Cabel la mira con desconsuelo.

—¿Y si al quererte te doy todo lo que llevo dentro y te abro mi corazón y sucede algo horrible? ¿Y si te hubieran violado? Habrías cambiado mucho, Janie. Habrías cambiado para siempre. ¿Y si conduces otra vez y te absorbe un sueño? ¿Has pensado en las consecuencias? ¿Para ti y para los demás? Para mí, por Dios. Janie, mi padre… me prendió fuego. En aquel instante todo cambió para mí. Me convertí en alguien distinto. Las mierdas así te cambian. Me quemó, me jodió la vida en un montón de sentidos —dice mientras palpa las cicatrices a través de la camisa—. Desde entonces no he dejado entrar a nadie, salvo a ti. Y no ha sido fácil, Janie. Nada fácil. Y entonces vas tú y sacas tu vena temeraria… —Cabel toma aliento—. Yo necesitaba seguridad pero me enamoré de ti, y no hago más que dar vueltas a las cosas que podrían pasarte y a lo mucho que cambiarías si te pasaran y a que te perdería…

Janie parpadea, boquiabierta.

—Pues qué forma más rara tienes de demostrar lo mucho que te importaría perderme.

—Lo sé, lo sé. Yo… lo estropeo todo. Pensé que así sería más fácil, ¿sabes? Estando un tiempo sin vernos. Pero es que… es que no… —Cabel se esfuerza por hallar las palabras—. Esto es muy difícil, Janie. Me da pavor.

Me gustaría que no corrieras jamás el menor riesgo, como mucho entrar en algún sueño para la comisaria. ¡Nada de asuntos de esos como el de Durbin! Es que, caray, ¿cómo iba yo a saber que ese sería tu siguiente trabajo? Y vete tú a saber cuál será el próximo…

—O sea, que has roto conmigo porque no soportarías que cambiara ni que me hicieran daño ni que te dejara. ¿Has dicho eso no? ¿Y no corre todo el mundo esos mismos riesgos? Vamos a ver: ¿tú sigues queriéndome o no? —pregunta Janie con labios temblorosos. Piensa en todos los cambios que le sucederán en los años venideros, ve lo difícil que puede llegar a ser su relación.

—Te estoy diciendo que te quiero y que estoy aprendiendo… que quiero aprender a vivir con esto. Lo único que sé es que pensaba que esta ruptura me ayudaría, pero me está volviendo loco —Cabel hace una pausa y sonríe sin ganas—. Entonces, er, ¿no podrías limitarte a no hacer nada peligroso? ¿No es bastante duro no poder controlar lo que te hacen las pesadillas? ¿Es que encima tienes que correr más riesgos?

Janie sonríe arrepentida. Le echa los brazos al cuello y apoya la cabeza en su hombro.

—Y si me hacen daño o me pasa algo… ¿dejarías de quererme? —pregunta bajito.

—¡No sé cómo! —Cabel le acaricia el pelo—. Solo tengo que aprender a manejar los sentimientos que esto conlleva. No estoy acostumbrado a preocuparme tanto por nada, por nadie, a preocuparme tanto que me duele. No así.

Janie permanece callada, pensativa.

—¿Sabes que eres la única persona a quien recuerdo haberle dicho «te quiero»? Ni siquiera recuerdo habérselo dicho a mi madre. Qué triste, ¿no?

—No sé —contesta Cabel. Deja caer la cabeza sobre el respaldo del sofá y respira hondo—. ¿Todavía me quieres, Janie?

Janie le mira fijamente, incrédula.

—¡Pues claro! ¿Crees que lo digo por decir?

—Dímelo por decir al oído —suplica él.

Janie sonríe, apoya su suave mejilla en la mejilla rasposa y musita:

—Te quiero, Cabe.

Después siguen abrazados, en silencio, hasta que él le pregunta:

—¿Verdad o acción?

Janie parpadea.

—¿Acaso puedo elegir?

—No. Vale, hum… —Cabel respira hondo—. ¿Qué te está pasando, Janie? Solo lo digo porque… necesito saberlo, por favor.

La gira un poco para verle los ojos.

Están llenos de lágrimas.

Cabel le endereza las gafas y respira hondo de nuevo.

—Cuéntamelo —le dice.

Janie se muerde los labios.

—No es nada, Cabe. Estoy bien —contesta, pero es incapaz de mirarle a los ojos.

Cabel se pasa los dedos con fuerza por el pelo.

—Por favor… suéltalo. Échalo fuera para que podamos hacerle frente. Todos esos sueños… van a acabar por dejarte ciega, ¿no?

A Janie se le abre la boca de par en par.

Cabel le acaricia la mejilla.

—¿Qué… cómo…?

—Bizqueas, hasta con las gafas puestas; tienes jaquecas continuamente, las luces fuertes te molestan, cada vez tardas más tiempo en recobrar la vista al volver de los sueños —hace una pausa, ansioso—. Además, en el hospital, cuando tuviste tu propia pesadilla, tampoco veías al despertarte. Fue la primera vez que te pasó con un sueño propio, ¿no?

Janie se deja caer contra su hombro. No recuerda ese sueño y no quiere llorar más.

—¡Caray! —exclama—. ¡Qué buen detective eres!

—¿Cuándo? —susurra él.

Janie aprieta los labios contra su mejilla y suspira.

—Dentro de pocos años.

Él toma aire de golpe y lo expulsa lentamente.

—Vale. ¿Qué más, Janie?

Ella cierra los ojos, resignada.

—Mis manos. Dentro de quince años estarán todas feas y retorcidas y no me servirán para nada.

Él espera, acariciándole la espalda.

—¿Algo más?

—En realidad, no, solo… que no podré conducir nunca más. Nunca —susurra, tras lo cual abandona su batalla contra las lágrimas—. Pobre Ethel, por lo menos ha encontrado una buena casa.

Cabel la abraza, la mece, la acaricia.

—Janie —dice al cabo de un momento—, ¿a qué edad murió la señora Stubin?

—A los setenta y pico.

—¡Ay, menos mal!

—¿Podrás con todo esto, Cabel? Porque si no puedes... —Janie se atraganta—, si no puedes, dímelo ahora.

Él la mira a los ojos.

Le acaricia la mejilla.

16:22

Cabel llama a la comisaria.

—Komisky.

—Comisaria, ¿pasaría algo si nos vieran juntos a Janie y a mí?

—En las actuales circunstancias me daríais una alegría. Además, lo de Wilder se decide el lunes. Se declara culpable.

—¡Es usted la mejor, comisaria!

—Sí, sí, ya lo sé. Id al cine o algo así, ¿vale?

—Ahora mismo, gracias.

—Y dejad de molestarme.

—Sí, señor. Adiós.

—Tened cuidado. Ambos.

Cabel sonríe y cuelga.

—¿Sabes una cosa?

—¿Qué? —pregunta Janie.

—Tenemos nuestra primera cita.

—¡Yuju!

—¿Y sabes otra cosa? Pagas tú.

—¿Yo? ¿Por qué?

—Porque has perdido la apuesta.

Janie piensa un momento, tras lo cual le arrea un puñetazo en el hombro.

—¡No has cateado cinco exámenes!

—¿Cómo que no? Tengo pruebas.

—¡Jopé!

—Sip.

SIN MIRAR ATRÁS

24 de mayo de 2006, 19:06

Janie entra dando zancadas en el auditorio del instituto Fieldridge, donde cientos de padres, abuelos y hermanos se sientan en los palcos, las gradas o las sillas plegables abanicándose con sus programas para paliar los treinta y cinco grados de calor húmedo. Parece que el viejo aire acondicionado del edificio no ha podido soportar el estrés de otra ceremonia de graduación.

Janie ve a Cabel varias filas más atrás. Él le envía un beso picaruelo y ella sonríe, olvidando por un instante que su birrete, empapado en sudor, amenaza con derretirle los sesos. Mira en otras direcciones, escudriñando la audiencia. Algunas caras le resultan familiares. Los padres de Carrie, por ejemplo, están en un lateral de las gradas. Janie les dedica una sonrisa, aunque en ese momento no la miren.

Hasta con sus nuevas gafas le cuesta ver de lejos. Los colores de los vestidos se entremezclan, pero por fin la divisa gracias al cabello cobrizo que contrasta con su piel morena. Sentado junto a la comisaria hay un hombretón, parecido a Denzel Washington con treinta años más, que extiende perezosamente el brazo por encima de la silla de la mujer. Janie ve que ella da un codazo a su marido y la señala. Janie bizquea y sonríe, y después baja los ojos, no sabe muy bien por qué.

El encargado del discurso sale al escenario y la multitud se calla, aunque permanece el aleteo de los programas.

No es Cabel.

Por suerte.

Se las había apañado para bajar su media (que seguía siendo de sobresaliente) y situarse en el tercer puesto. Con eso le bastó para no estar en el candelero, que era en realidad lo que quería. Aunque su nota es un poquito más baja, Janie le pisa los talones. Está encantada.

Hay tres sillas vacías entre el profesorado, las de Doc, Lerdo y Feliz, suspendidos de empleo y sueldo y a la espera de vista. Janie siente una punzada de tristeza por esas sillas.

No por los hombres que las ocupaban.

Que quede claro.

Aún la asaltan recuerdos de dolor y vergüenza, de horror envuelto en papel de regalo. Se alegra de que el paquete explotara.

En el escenario, Stacey O'Grady empieza su discurso. Ahora tiene un aire distinto, solemne, reservado. Quizá porque es más madura o porque ha comprendido que no todo acaba como uno desearía.

La madre de Janie no ha ido.

La de Cabel tampoco, pero a esa no la esperaban. Sin embargo, está el hermano mayor de Cabel, Charlie, con su mujer, Megan.

Las expectativas. En esos discursos siempre se habla de expectativas. De marcar la diferencia, de esforzarse por alcanzar la excelencia y bla, bla, bla.

Janie se enjuga una gota de sudor de la frente y mira a izquierda y derecha. Cuando Stacey dice desde el podio:

—Los mejores años están por llegar.

El público rompe a aplaudir.

Pero Janie no se une a ellos.

Las ominosas palabras resuenan en sus oídos.

La multitud de alumnos espera y, uno a uno, son llamados por su nombre en el transcurso de una hora. Janie atraviesa con cuidado el escenario, rogando que el bebé cercano y dormido no sueñe todavía, para recoger su diploma. Después de estrechar la mano del director Abernethy, se echa la borla del birrete al lado contrario, baja las escaleras y vuelve airosa a su silla plegable.

Tras la última felicitación del director, los birretes vuelan y las voces de los que rodean a Janie se elevan hasta llenar el auditorio. Ella se quita el birrete y se lo pone debajo del brazo, y espera, espera a que todo se acabe para marcharse de allí de una vez.

Sin embargo, cuando el manicomio se vacía, ella sigue sin moverse. En el auditorio, que parece una selva tropical después de una tormenta, solo quedan unos cuantos rezagados. Por fin, echa a andar por el pasillo hacia la salida para encontrarse con Cabe, que estará de cháchara con alguien, seguro; pero en ese momento está sola.

El conserje llega con un escobón y le sonríe. Janie le devuelve la sonrisa y él empieza a barrer el suelo de madera que tan a menudo sirve de cancha de baloncesto. La luz se va apagando.

Janie parpadea y se apoya en la pared, por si acaso.

Pero no se trata de ningún sueño.

Es solo el final de ciertas cosas.

Y el principio de otras.

EL FIN SE ACERCA:

HUYE

Estática, colores increíblemente fuertes. Janie está a punto de caerse de rodillas, pero esta vez se ha preparado mejor. Camina a ciegas hacia la cama, y Cabel evita que caiga de golpe al suelo cuando se desploma. El ruido es atronador.

Justo en el instante en que cree que van a rompérsele los tímpanos, la estática se amortigua y la escena cambia para enfocar a una mujer que espera en la oscuridad. Aunque no distingue sus rasgos, Janie está segura de que es la misma del día anterior. Entonces advierte la presencia del hombre. Está en las sombras, sentado en una silla, vigilando a la mujer. Se vuelve para mirar a Janie y parpadea sorprendido. Se yergue con los ojos muy abiertos.

—¡Ayúdame! —suplica.

En ese momento, como si la película se hubiese roto, la imagen se corta y la estática vuelve, más fuerte que nunca, aullando sin cesar en los oídos de Janie, que, ignorando el martilleo de su cabeza, forcejea para escapar del sueño, pero aquel sonido le destroza la capacidad de concentración.

Está desplomada en el suelo. Tensa como un alambre.

Cree que Cabe está allí, sujetándola, pero no siente nada.

Los fortísimos colores atraviesan sus ojos, su cerebro, su cuerpo. La estática clava alfileres en cada poro de su piel.

Está atrapada.

Presa de la pesadilla de un hombre incapaz de despertar.

Forcejea de nuevo, siente que se ahoga, siente que si no sale de aquel sueño, acabará por morir en él.

—¡Cabe! —grita mentalmente—, ¡sácame de aquí!

Pero, como es lógico, él no puede oírla.